Season20

◀ Episode 3

Season 20

▼ Episode 1

相棒 season20

上

脚本・輿水泰弘ほか／ノベライズ・碇　卯人

朝日文庫

本書は二〇二一年十月十二日～二〇二二年三月二十三日にテレビ朝日系列で放送された「相棒　シーズン20」の第一話～第七話の脚本をもとに、全五話に構成して小説化したものです。小説化にあたり、変更がありますことをご了承ください。

相棒 season20 上 目次

第五話「かわおとこ」　273

＊小説版では、放送第一話「復活～口封じの死」および第二話「復活～死者の反撃」、第三話「復活～最終決戦」をまとめて一話分として構成しています。

装幀・口絵・章扉／大岡喜直（next door design）

杉下右京　　警視庁特命係係長。警部。
冠城亘　　警視庁特命係。巡査。
小出茉梨　　家庭料理〈こてまり〉女将。元は赤坂芸者「小手鞠」。
伊丹憲一　　警視庁刑事部捜査一課。巡査部長。
芹沢慶二　　警視庁刑事部捜査一課。巡査部長。
出雲麗音　　警視庁刑事部捜査一課。巡査部長。
角田六郎　　警視庁組織犯罪対策部組織犯罪対策五課長。警視。
青木年男　　警視庁サイバーセキュリティ対策本部特別捜査官。巡査部長。
益子桑栄　　警視庁刑事部鑑識課。巡査部長。
大河内春樹　　警視庁警務部首席監察官。警視正。
中園照生　　警視庁刑事部参事官。警視正。
内村完爾　　警視庁刑事部長。警視長。
衣笠藤治　　警視庁副総監。警視監。
社美彌子　　警視庁総務部広報課長。警視正。
甲斐峯秋　　警察庁長官官房付。

相棒

season
20 上

「第一話」復活

一

中郷都々子《なかざとつづこ》はワンセグ対応のスマホで、内閣官房長官の緊急会見を視聴していた。小さな液晶画面の中で、鶴田翁助《つるたおうすけ》が淡々と語っていた。

――このたびの内調職員の暴走は、法治国家たる我が日本国の土台を揺るがしかねない許しがたき暴挙。公僕たる彼女の立場から言って厳罰に処すべきと考えます。

都々子は画面を消すと、憤然たる表情で立ち上がった。鶴田が言っている「彼女」とは、元内閣情報調査室の職員だった柾庸子《まさきようこ》のことだった。同郷の幼馴染で姉とも慕う庸子は、殺し屋を雇ってIT長者の加西周明《かさいしゆうめい》を殺害した被疑者として東京拘置所に勾留されていた。

都々子はこれまでに幾度か東京拘置所を訪ね、未決拘禁者の庸子に面会を求めたが、叶ったことはなかった。刑務官はいつも庸子のほうが面会を拒んでいると言うが、都々子は納得がいかなかった。

会見を終えた鶴田は官邸の執務室の金庫を開けると、両手で札束をわしづかみにし、テーブルの上にどさっと置いた。目の前に積まれた二十束の百万円に三門安吾《みかどあんご》が手を伸ばす。

「頂戴します。機密費というのは常に一億ほど準備されているそうですね」

「こうして使っても、明日の朝には元どおり補充されます」鶴田はソファに腰を落とし、ほんの少し顔をゆがめた。「それにしても腹が立つ」

札束を鞄《かばん》にしまっていた三門が顔を上げる。

「はっ？」

「ああ、いや、先生じゃありません。あのふたり……」鶴田の脳裏には警視庁特命係の杉下右京《すぎしたうきょう》と冠城亘《かぶらぎわたる》の姿が浮かんでいた。「こうして先生にお金を渡すたび、あの小癪《こしゃく》な面が思い浮かんでムカムカする」

「いえ、私もね、こうして機密費から補塡《ほてん》いただくのは心苦しいんですが……。約束手形を不渡りにしてしまうと、その小癪なふたりが攻撃を仕掛けてきますんでね。そうなると諸々厄介で」

大手弁護士事務所〈エンパイヤ・ロー・ガーデン〉の所長、いわゆるボス弁の三門は、加西から六億円の金で朱音静《あかねしずか》という殺人実行犯を買収し、加西が殺人を教唆《きょうさ》したという供述を撤回させるように依頼されていた。三門はその六億を三十回の約束手形に分けて朱音静の代理人に届け、しかも意図的に不渡りとすることで、大金を懐にしようと考えたが、右京と亘に見破られたのだった。

三門が現金を詰めた鞄を握りしめて帰った数時間後、同じ部屋で鶴田が苦い顔になっていた。

「図々しいったらないね。そもそも機密費から補塡する筋合いなんて、これっぽっちもないんだ」

鶴田が愚痴をぶつけている相手は、室内にもかかわらずサングラスのように黒く色のついた眼鏡《めがね》をかけていた。内閣情報調査室の内閣情報官、栗橋東一郎《くりはしとういちろう》である。

「濡れ手で粟《あわ》の六億円が消えてしまったわけですから……」

「逃した魚が巨大なのはわかるが、いじましい。しかしいろいろ役に立つからね。目をつぶろう」

自分に言い聞かせる鶴田に、栗橋が表情の読めない顔で言った。

「他人事《ひとごと》みたいにおっしゃってますが、三門先生をそうさせたのは、官房長官、あなたですよ。朱音静の供述を変更させるための買収金なんて見せ金でいいだろう、馬鹿っ正直に払う必要ないって助言なさった」

「そうだったかな？」鶴田がとぼける。「しかし君は事情通だねえ。まるで見てきたことのように言う」

その夜、中郷都々子は歩道橋の上で行きかう車の流れを見下ろしながら、加西周明の豪華マンションでの会話を思い出していた。

当時〈エンパイヤ・ロー・ガーデン〉のイソ弁だった都々子は三門の命を受け、加西と静の代理人との橋渡しを務めていた。その際、加西が三門に指輪でも入っていそうな小さな箱を手渡すのを目撃したのだ。

「前、うちのボスに小さい箱渡してたでしょ？　あれ、なに？」

大型水槽で優雅に泳ぐ熱帯魚にエサをやっていた加西の手が止まった。

「えっ、あれかい？」

「そう。あれ！　なに、あれ？」

「よく知ってんね」

「アンテナ張り巡らせてるから」

都々子が笑うと、加西は水槽に向き直った。

「疲れるだろ、そんなの巡らせてちゃ……。あれはね、切り札さ。そんなことよりさ、いったいいつになったら朱音静は供述変えんだよ？　まさか六億で不服ってことないだろ。しっかり買収しろよ」

都々子は加西の言った「切り札」という言葉が気になっていた。

翌朝、右京と亘は都内の乗馬クラブを訪れた。

かつて内閣官房長官で、自ら殺人の罪を犯して実刑判決を受け、服役中だった朱雀武《すざくたけ》比古《ひこ》が仮出所し、今日は乗馬クラブにいると聞いたのだ。

朱雀には懲役十八年の刑が確定していた。ところが十二年の服役が終わった三年前に仮出所したという。服役して刑期の三分の一が経過すれば、仮出所の申請ができる。しかし、申請したところでそう簡単に認められるものではないし、ましてや刑期の六十六パーセントしか消化していない段階での仮出所など通常はありえないことだった。

右京は朱雀に直接会って、その辺の事情を問い質《ただ》すつもりだった。朱雀は乗馬服に身を包み、厩舎の中で馬に飼葉《かいば》を与えているところだった。

ふたりの近づく気配に気づき、朱雀が顔を上げた。

「おーい！　ここだ、ここ！」

手を振ってふたりを迎え入れた朱雀は、亘に視線を向けた。

「忘れずにいてくれたとは光栄だ。君は随分印象が変わったな」

「えっ？」

「亀山《かめやま》くんだったよね、亀山薫《かおる》。鬱陶《うっとう》しいほどに熱血漢だった覚えがあるが、随分と落ち着いた。うん、いいことだ。いい年して情熱たぎらせてるのは気持ち悪い」

右京のかつての相棒と勘違いされて、亘は苦笑するしかなかった。

「生憎《あいにく》ですが、亀山じゃなくて冠城です。まあ『か』だけ合ってますけどね」

「そうなの？　亀山くんは？」

話を振られて、右京が答える。

「もう警視庁を辞めました」

「あら。どこ行っちゃったの？」

「サルウィン！」

「サルウィン共和国に」

朱雀は大げさに声を上げると、厩舎から馬場へとふたりをいざなった。そして、ふたりに来意を問うた。

「僕の仮出所に不服でも？」

「裏口じゃないかって」

亘の言葉を朱雀が聞き咎《とが》めた。

「ん？　なんだって？　裏口？」

「今、飛ぶ鳥を落とす勢いの鶴田翁助内閣官房長官が裏から手を回して、裏口入学ならぬ裏口出所させたんじゃないかって」

「こりゃまた見かけによらず失敬だね、君は」

「すみません。そう言ってるのは杉下ですけどね」

「そうか」朱雀が納得して右京を見る。「君なら言いそうだ」

「なにしろ正規の手続きでは、およそ実現不可能な仮出所ですからねえ。なにか特別な力が働いたのではないか？　そう思ったとき、鶴田官房長官の顔が浮かびました」

朱雀は立ち止まり、朗々と声を張った。

「青は藍より出でて藍より青し！」

戸惑う特命係のふたりに、朱雀が説明する。

「鶴田翁助だよ」

「まあ、たしかに優秀なお弟子さんですね。あなたの逮捕でボロボロになった派閥を立て直して、今や押しも押されもせぬ党内最大派閥にまで育て上げた」

亘の言葉を右京が受ける。

「あなたの薫陶を受けて今の自分がある。感謝してもしきれない。なにかのインタビューでそうおっしゃってましたよ。それから、罪は憎むけれども人は憎まないとも」

「そう」朱雀がうなずいた。「そりゃ本心に違いない」

右京が核心を突く。

「そんな鶴田官房長官の恩返しのひとつだったのではないかと思いましてね」

「仮出所がかね？」

「ええ。あなたを一刻も早く獄中から救い出そうと」

亘が右京の言葉を補った。

「持てる権力、駆使して、離れ業をやってのけた」

「二〇一八年、鶴田翁助が官房長官に就任してまもなく、あなたは仮出所しています。決して偶然とは思えませんがね」

朱雀がかすかに笑みを浮かべた。

「相変わらず下衆《げす》い。鶴田が機密費かなにかで僕の生活の面倒まで見ているのではないか。そうだろ？」

右京が認める。

「下衆の勘繰りついでに」

「そうなら、とんでもない公私混同だね。しかしその公私混同がいくらだってできてしまうのが、官房機密費ってやつだ。ああ、鶴田がそうだと言ってるわけじゃないから誤解ないように」

「先ほどあなたは鶴田翁助を出藍《しゅつらん》の誉《ほま》れであると評しましたが、官房長官としてもあなた以上だと？」

右京から無礼な質問を投げかけられ、朱雀の顔が一瞬強張《こわば》った。

「ん？　いや、僕も官房長官としてはなかなかのものだったと自負しているし、まあどちらが上でどちらが下と単純に比較はできないが、ただひとつこれだけは言える。彼は私と違って、女でしくじったりはしないだろう」

そう言って朱雀は自虐的に笑った。

朱雀と別れて歩きながら、右京が朱雀の言葉を振り返った。

「たしかに鶴田翁助は愛人と目される柾庸子に土壇場で救われていますからね。土壇場で愛人に裏切られて逮捕された朱雀武比古とは対照的。あながち的外れな見解とは言えませんね」

亘は十五年前の事件を知らなかった。

「朱雀の愛人って誰です？」

「片山《かたやま》雛子《ひなこ》女史ですよ」

「片山雛子？　おお趣味悪っ……」

政界にさまざまなコネを持ち、一度は政治家から足を洗ったもののまだ野心は捨てていないという傑物に亘が思いを馳せていると、背後から朱雀がふたりを呼び止めた。

「おーい、ちょっと待った！　聞き忘れた」

朱雀が駆け寄ってきて、右京に訊《き》いた。

「小野田《おのだ》くんは元気かい？　警察庁の小野田公顕《こうけん》。僕がよろしく言っていたと伝えてくれ」

右京の顔がわずかに曇る。

「ご存じありませんでしたか。小野田官房長は亡くなりました」

「死んだ？　いつ？」

「二〇一〇年ですから、あなたの留守中ですね」

「病気かなにか？」

まったく事情を知らないようすの朱雀に、右京はにべもなく言った。

「スマホなどお持ちであれば検索してみてください。わかると思います」

「そう……いやはや、やっぱり服役していると浦島太郎になるんだねえ……」

ふたりが帰った後、朱雀は鶴田に電話をかけた。優秀な弟子は咎めるように言った。

――杉下右京に今さら会う義理などないでしょうに。わざわざお会いになってなにをお話しになったんです？

「心配するな。君のことは褒《ほ》めたたえておいた。なにか困ったことがあれば遠慮なく言ってきなさい。力になるから」

――そうおっしゃっていただけると心丈夫です。

「しかし、小野田公顕が死んでいたとは、驚いた。君、ほら、小野田公顕を尊敬してたじゃないか」

――はい。私の中では最も理想とする権力者のひとりでした。

その夜、栗橋はとある人物に電話をかけた。

「計画を実行する。あまり気は進まないが、官房長官のご命令だ」

スポーツジムでトレーニング中に栗橋の電話を受けた目の細い女は不敵な笑みを浮かべて、ロッカールームへ向かった。

数日後、中郷都々子は東京拘置所の受付で刑務官に詰め寄っていた。

「どうして急に？」

「さあ。そうなったとしか言いようが……」

刑務官が困ったように応じているところへ、右京と亘がやってきた。

都々子はふたりを拘置所の外へ連れ出し、事情を説明した。それを聞いた亘が訊き返す。

「接見禁止？」

「今日になって、急にそんなこと言い出してさ」

「このタイミングで、どういうことでしょうねえ……」

思案を巡らせている右京に、都々子が皮肉をぶつけた。

「気になるなら調べてよ。ご自慢の国家権力、駆使して」

「君さ、少しは反省してる？」亘が都々子をたしなめる。「自分のしたこと」

「もちろん。わたしもしてるから、あなたもしなさいって庸子ちゃんに言おうと思って来たんだから」

怒りが収まらぬ都々子は〈エンパイヤ・ロー・ガーデン〉の先輩弁護士で、柾庸子の担当をしている森安伸治《もりやすしんじ》に電話をかけた。しかし何度電話しても無視されたので、直接〈エンパイヤ・ロー・ガーデン〉に出向き、森安が出てくるのを待ち伏せした。

しばらく待って森安を捕まえた都々子は、庸子の接見禁止の理由を問い詰めた。すると、森安が渋い顔で言った。

「俺らも面会できなくなった」

「嘘。先輩、担当弁護士なんだから会えるでしょ。いくら接見禁止だからって、弁護士まで排除できないもの」

「接見禁止措置は関係ない。俺らが面会できなくなったのは、一昨日《おととい》接見したとき、当分面会は無用って本人から言い渡されたからだ」

柾庸子が「ちょっと思うところあって」と言葉を濁しながら、今後の面会を断ったと聞き、都々子は目を丸くした。

「庸子ちゃん、そんなこと言ったの？」

「うん。まあ、クライアントの要望じゃ仕方ないだろう」

その頃、右京と亘は東京地検を訪れ、廊下を足早に歩く公判部検事の階真《きざはしまこと》を追いかけていた。

亘が階の背中に呼びかける。

「なんで今頃、急に接見禁止にしたのか不思議なんで」

「ご迷惑は承知で押しかけてきたんですよ」

右京も説明したが、階は無視して歩を進めた。

「柾庸子、どうかしました？　接見禁止措置はあなたの一存？　それとも上層部からの？」

亘が矢継ぎ早に質問を浴びせたが、階は答えることなく、自室に入り、バタンとドアを閉めた。

「まあ、予想どおりの反応でしたね」

「ええ」

ふたりが苦笑いしていると、階がドアを開けて顔を出した。

「言っとく。警視庁の出る幕じゃないよ」

その夜、いつものように亘とともに家庭料理〈こてまり〉に立ち寄った右京は、カウンター席に意外な人物の姿を認めて、一瞬足を止めた。

女将《おかみ》の小手鞠《こてまり》こと小出茉梨《こいでまり》が常連のふたりに気づいて声をかけた。

「ああ、いらっしゃいませ」

意外な客、鶴田翁助がさも今気づいたかのように口を開いた。

「やあ、君たちか」

「これはどうも」

「その節は」

右京と亘は当たり障りのない返事をして、いつもの席に着いた。鶴田が猪口《ちょこ》を口に運ぶ。

「常連なんだってね。さっき小手鞠から聞いたよ」

「女将さん、いつもの」

亘が小手鞠に注文すると、右京も続いた。

「僕もお願いします」

「はい、先生どうぞ」

小手鞠が鶴田に小鉢を差し出す。赤坂の芸者だった小手鞠は、政財界の大物と懇意にしており、鶴田とも以前から交流があった。

「少々お待ちくださいね」

ふたりに微笑《ほほえ》み、酒を取りに奥に下がろうとする小手鞠を鶴田が止めた。

「彼らはね、僕のとこでもなかなかの常連なんだよ。僕のとこっていうのは、官邸の官房長官室」

「あらま、そうですか」小手鞠が軽くいなす。「ここは庶民の憩いの場ですから、先生にはいらっしゃらなくて結構ですよと申し上げてたのに」

「うん、僕も政界を引退してから、ゆっくり来ようと思ったんだけどね。それまでこの店が持つか不安でね」

「はあ？」

小手鞠が声を尖らすと、鶴田は愉快そうに笑った。

「嘘だ嘘。どうしても我慢できなくなってしまったんだ」

「長居なさらないでくださいね。先生、それなりにお顔が売れてらっしゃるんですから。内閣官房長官なんてのがいたら、お客さま逃げちゃいます」

「聞いたかい？『なんてのが』呼ばわりだよ」小手鞠が奥に下がると、鶴田は苦笑した。

そして悠揚《ゆうよう》迫らぬ態度で、ふたりに話しかけた。「小耳に挟んだんだが、杠庸子のこと、調べてるんだって?」

「お待ちどおさま」

小手鞠が徳利《とっくり》と白ワインのボトルを持って戻ってきた。

「なにが知りたい?」

小手鞠が右京に徳利を差し出す。右京は酌を受けながら、鶴田に言った。

「訊いたら教えていただけるのでしょうか?」

「僕は大概のことは知っているからね。手間が省けるんじゃないかな」

女将がグラスにワインを注《つ》ぐのを眺めながら、亘が口を開く。

「それじゃお言葉に甘えて。柾庸子に突然、接見禁止が出たのはどうしてですか?」

「明日の朝、公表する手はずになっているんだが、多少のフライングはよかろう」鶴田が干した猪口に、小手鞠が酌をする。「常連のよしみで教えてあげる。柾庸子は死んだ」

右京もこのひと言は予想していなかった。

「死んだ?」

「自殺だ。拘置所にとって、とんでもない不始末だよ」

「自殺したのはいつですか?」

質問した亘に視線を向けるでもなく、鶴田は宙を見つめていた。

「二十五日の未明と聞いている」

「我々その日、拘置所へ行ったら、急に柾庸子が接見禁止になったって聞いて……」

右京が念を押す。

「つまり、すでに死亡して存在しない未決拘禁者に対して接見禁止を出したということですね？」

「感心はしないが、面会希望者をシャットアウトするための方便ということで一定の理解はしている」

「明日の朝ってことですけど、なんでもっと早く公表しなかったんですか？」

亘の声に責めるような響きを感じ取っても、鶴田は悠然としていた。

「この件について速報で世間に伝えることに、どんな意味があるというんだ？『自殺しました。以上です』、それじゃ話にならんだろう。公表にもそれなりの配慮が必要だということだ。多少はわかってもらえたかな？　やたら疑り深い、警察官の鑑《かがみ》のようなおふたりさん」

鶴田はそう言って、右京と亘を挑発するように見つめた。

二

中郷都々子は服装も派手だったが、部屋のインテリアもデコラティブでカラフルだった。ベッドにいたっては天蓋《てんがい》付きだった。そのベッドの隅に置かれたスマホのアラーム音が、布団を被《かぶ》って眠る都々子を目覚めさせた。

しぶしぶ起きた都々子だったが、スマホに表示されているトップニュースの見出しが目に入った瞬間、眠気が完全に吹き飛んだ。

「嘘だろ！」


その頃、警視庁の刑事部捜査一課の部屋に出雲麗音《いずもれおん》が息を切らして駆け込んできた。

「おはようございます。見ました⁉」

先輩の伊丹憲一《いたみけんいち》が「ああ」とうなずき、読んでいた新聞をデスクの上に放った。一面には「元内調職員 柾庸子被告自殺」という見出しの記事が、庸子の顔写真とともに大きく掲載されていた。

長く伊丹とコンビを組んでいる芹沢慶二《せりざわけいじ》が言った。

「まさに寝耳に水だよ」


同じ頃、副総監室では衣笠藤治《きぬがさとうじ》が眉間にしわを寄せていた。

「実況見分は、地検の刑事部がやったということか」

参事官の中園照生《なかぞのてるお》がしゃちこばって答える。

「はっ。拘置所としても騒ぎ立てたくないという思いで……」

刑事部長の内村完爾《うちむらかんじ》が遮った。

「だからといって、身内を使うという了見が気に入らん。本来なら我々に報告があってしかるべきです。警察が出動して、実況見分をおこなうべきだ。それが……」

衣笠がうんざりした顔で話を引き取った。

「デュープロセス」

「いかにも！」内村がわが意を得たようにうなずく。「社会正義を担う者は、公明正大かつ厳格であるべきです。そう思わんか？」

刑事部長に迫られ、中園が言葉を詰まらせた。

「は……はあ……」

内村は半グレに頭を殴られて大怪我《おおけが》をしながら、一命をとりとめて以来、人が変わったように正義を振りかざすようになった。扱いづらくなった内村を、衣笠がたしなめた。

「デュープロセスじゃ、社会はうまく回らない。融通を利かせ合うのが社会の知恵だ。いい歳して、なんでもかんでも嚙《か》みつくな」

副総監室を出て自室に戻りながら内村は憤慨していた。

「日和見の副総監など、無視していい」

「は？」中園が困ったように上司を見遣《みや》る。

「検察から資料を取り寄せろ。見分した以上、現場写真や検視報告など、諸々の資料があるだろう。それを我々がしっかり精査する」

「あ、いや、今さらですか」

「今さらだと？　貴様、正義を蔑《ないがし》ろにする気か。馬鹿者が！　とっとと手配しろ」

怒鳴りつけてさっさと歩いていく内村を見送って、中園が吐き捨てるように言った。

「なにがデュープロセスだ。ゾンビが！」

特命係の小部屋では、組織犯罪対策五課長の角田《かくた》六郎《ろくろう》がコーヒーサーバーから取っ手の部分にパンダが乗ったマグカップにコーヒーを注いでいた。

「いっさい悪びれることもなかったようだが、ふと我に返ったら死にたくもなるだろう。先を考えたら絶望的だもんな。それなりの立場にいた人間ならばなおさらだ。いや、自殺を正当化しようなんてこれっぽっちも……。罪を償わずして死ぬなんてのはいかん。とはいえ心情的にはな……」

角田の問わず語りに応じることなく、亘がスマホを取り出した。

「あっ、そうだ。彼女、どうしてるかな？」

中郷都々子に電話をかける。

「もしもし？」

——気安くかけてくんじゃねえよ！

都々子は大声でわめくと、すぐさま電話を切った。

「あっ……。これは失礼しました……」

バツが悪そうにスマホをしまう亘に、右京が訊いた。

「どんな具合でした？」

「ご自分でかけてみてください」

「誰だよ？　誰にかけたんだ？」

ふたりのやりとりを角田が気にしていると、サイバーセキュリティ対策本部の特別捜査官、青木《あおき》年男《としお》がノートパソコンを携えて入ってきた。

「おはようございます」

三人が青木と挨拶を交わすと、青木はパソコンをデスクに置いた。

「口封じだな」

「口封じって？」角田が聞き咎める。

「柾庸子ですよ。死んだの、ご存じでしょ？」

「いや、だから口封じって、柾庸子は自殺じゃなく殺されたってことか？」

「ええ」

「なにか出たのかな？」

期待の目を向ける亘を、青木が罵倒《ばとう》する。

「昨日の今日でなにも出るもんか、馬鹿たれ！」

「だってお前、口封じって言うから……」

「可能性を述べたまでだ！　貴様も柾庸子の自殺を疑ってるから、死亡状況について情報ないかって俺に頼んだんだろ？」青木が右京のほうを向いて確認する。「でしょ？」

「自殺というのを鵜呑みにしていないのは間違いありませんが、だからといって口封じとまでは……」

「なに弱気なこと言ってんですか。杉下さんらしくもない。彼女が生きてる限り、鶴田翁助は枕を高くして眠れないんだから手を回して殺しちゃったに決まってますよ」

嬉しそうに頬を緩める青木に、角田が注意する。

「お前、物騒なこと軽々しく、しかも楽しそうに言うな！」

「だってワクワクしません？　こういう陰謀論。あっ、でも僕はこのふたりの気持ちを代弁してるだけなので」

「はい、もう帰れ」亘は同期のへそ曲がりを追い出そうとしたが、「なんだよ、見たくないのか？」という青木の言葉に反応した。

「なにを？」

「集めろって言うから集めてやった情報をだ」

「だってお前、なにも出なかったって……」

「俺を見くびるな、冠城亘。『口封じの情報はなにも出なかった』って言ったんだ。逆に自殺を裏づける情報ならあるぞ」

青木がパソコンを開き、キーボードを打つと、画面に柾庸子の死亡時の写真が現れた。背後からのぞき込んでいた亘が声を上げた。

「お前、地検のサーバー、ハッキングしてんのか？」

「東京地検刑事部のファイルサーバーだ」

「ハッキングはやばいだろ」

角田が渋い顔をすると、青木は言い立てた。

「行政機関へのサイバー攻撃を未然に防ぐため、我々は日夜戦っています。システムのセキュリティホールを発見するのもその一環。こうして今回は地検刑事部のシステムに致命的な脆弱性《ぜいじゃくせい》を見つけた次第です」

青木が言い立てる間に、右京はいろいろな角度から撮られた庸子の写真をつぶさに眺めていた。応急の蘇生措置が取られたあとに撮影されたものらしく、庸子は畳の上に横たえられていた。その首には青黒い索状痕《さくじょうこん》がはっきり認められる。索状痕は太く、自らの衣服でも用いて首を吊ったことが推察された。

亘が青木をたしなめた。

「詭弁《べん》を弄《ろう》するな」

「詭弁《き》も駅弁もなにも」

「ぶっちゃけデータを盗み出したりしたらやばいですけど、これは単にのぞいてるだけ。目くじら立てるほどのことじゃ……」

右京は興味深そうに写真を眺めていたが、亘と角田は冷ややかな視線を青木に浴びせた。青木が開き直る。

「ああ、そうさ。俺はのぞき魔さ。でも、そののぞき魔の上前はねてる貴様らはなんだ？　僕のことを不当に非難するならもう見せない」

青木は右京の目の前でパソコンを閉じると、すたすたと出ていった。

柾庸子の郷里は鳥取のある町で、柾家の菩提寺《ぼだいじ》もそこにあった。中郷都々子が墓地を訪れ、柾家の墓の前でたたずんでいると、背の高い男が水を汲んだ手桶を提《さ》げてやってきた。男は庸子の叔父の柾七平《しちへい》だった。ショッキングピンクのジャケットにクロムイエローのインナーという都々子のど派手なファッションに、七平は眉を顰《ひそ》めた。

「都々子か？　なんだ、その馬鹿みてえな格好」

「都会の色に染まったの」

都々子に尋ねられ、七平は庸子の遺体と対面したときのようすを語った。

「突然だ。死んだから引き取りに来いって連絡あってよ。取るものも取りあえず駆けつけたさ」

「会ったの？　庸子ちゃんに」

「ああ、チラッとだけど。法務省の職員だかなんだかに、遺体のまま運ぶかって訊かれたけどよ、費用こっち持ちだっていうじゃねえか。馬鹿になんねえし、向こうで燃やしてもらって、お骨《こつ》にして持って帰ってきた。和尚にお経上げてもらって、今この中で兄貴と姉さまと一緒に眠ってる」

しんみりと墓に目をやる七平に、都々子が突っかかるように訊いた。

「お葬式とかは？」

「んなもん……人殺しの葬式なんか誰も来ちゃくんねえ」

「推定無罪って知ってる？　裁判で刑が確定するまでは無罪なの。だからまだ庸子ちゃんは人殺しじゃないの！　わかった？」

懸命に言い募る都々子を、七平が一蹴《いっしゅう》した。

「そんな格好で講釈垂れられても、ありがたみねえわ」

特命係の小部屋では、亘がネルドリップでコーヒーを淹《い》れていた。

「さすがに口封じっていうのは勘繰りすぎ。たしかに自殺したって不思議はないんだから。むしろそれが自然かも……」

右京は自分のデスクの椅子に深く腰かけていた。

「しかし青木くんの言うように、柾庸子が生存している限り、鶴田翁助が枕を高くして眠れないというのも事実」

亘がコーヒーを口に運ぶ。

「あの鶴田なら暗殺ぐらいやってのける。実際、加西もそうしたわけだし……」

「僕は朱雀武比古の『鶴田は女でしくじらない』という言葉を、女性を見る目があるということではなく、最初から相手に全幅の信頼を置くようなことはしないという意味に理解しました」

「用心深い」

「よく言えば」

右京の言葉を受けて、亘が言い直す。

「猜疑心《さいぎしん》が強い」

「その表現のほうがしっくりきますね」

「どちらにせよ、必要とあらば容赦なく消し去る」

「それほど残忍で、冷徹な人物だということですよ」

官邸の官房長官室では、鶴田が栗橋から報告を受けていた。

「やはり侵入してきたか」

ほくそ笑む鶴田に、栗橋が顔色も変えずに言った。

「サイバーセキュリティの青木年男の仕業です」

「あのふたりの差し金だろ？」

「刑事部からも正式に資料請求が来ているようです。部長の内村完爾が資料を精査すると息巻いているそうで」

「内村？　ああ、死に損なっておかしくなった奴ね」

三

翌朝、〈エンパイヤ・ロー・ガーデン〉の所長室に入った三門は、チェストの上に置いた馬の置物の角度が変わっているのに気づいた。不審に思って置物をどけて、背後の壁を手前に引く。壁紙の模様に紛れて一見しただけではわからないが、壁の一部が小さな扉になっており、その奥に小型金庫が隠してあるのだった。

ダイヤルを回して金庫を解錠した三門は、ある物がなくなっていることに気づいて、青ざめた。

「盗難に遭った？」

鶴田翁助は官邸に向かう公用車の後部シートで報告を受け、訊き返した。三門は隣で小さくなっていた。

「金庫のナンバーは私と数名の幹部しか知りませんし……。むろん誰も開けた覚えなどありませんので、盗難以外に考えようがなく……」

「大変なことだとは思いますが、なぜあなたが血相を変えてそれを報告に来られたのか、そこをまず説明していただけますか？」

「盗まれたのは、加西周明からの預かり物です。朱音静の買収に動いていた頃でした。突然、オフィスに加西が現れて、鍵を預かってほしいと」

加西周明の名前に、鶴田の表情がわずかに硬くなった。

「鍵？」

「どこかの部屋のものだと思いますが、詳細は聞いておりません。警察に盗難届を出してよいものかどうか、ご相談に」

「意味がよく……」

「これから申し上げること、どうか誤解なさらないでほしいのですが、その正体のわからない鍵が、もしも官房長官の足を引っ張るような代物であったら一大事です。まずお耳に入れて、ご判断を仰ぎたいと思いまして」

「なるほど……」鶴田が思案顔になる。「やはりあなたは聡明だ。どうでしょう？　この件、しばらく私に預からせていただけませんか？」

右京と亘は中郷都々子にとあるオープンカフェへ呼び出された。

右京に続いて亘が、都々子の待つテーブルに着いた。

「君のほうから気安く連絡もらえて、ちょっと感激したよ」

「とりあえず皮肉言わないと気が済まないタイプ？」

「お願いとは？」

右京が本題を切り出すと、都々子はバッグの中から、宝石でも入っていそうな小さな化粧箱を取り出し、テーブルの上を滑らせた。

「調べてくれない？」

亘が小箱を開けると、ごく普通の古びた鍵が仰々しく収められていた。

「部屋の鍵？」

「どこの部屋か探してほしいの」

「なんで？」

「教えない」

「ならお断り！」

亘が鍵を小箱にしまって押し戻す。

「後悔するよ？」都々子が右京を上目で見遣った。「加西周明の持ち物なの」

「はい？」

「それ以上は言えない。最後のチャンス」

都々子が再び小箱を押し返した。

そのやりとりを離れたところから、目の細い女がこっそりうかがっていた。女の体はアスリートのように引き締まっていた。

鶴田は官房長官室でスクリーンに投影された映像を見ていた。〈エンパイヤ・ロー・ガーデン〉の所長室に仕掛けられたビデオカメラで、派手な格好の女性が金庫から小箱を盗むようすがはっきりとらえられていた。

「わかった。もういいよ」

鶴田が合図を送ると、栗橋が映像を止めた。

「盗み出したのは、〈エンパイヤ・ロー・ガーデン〉の元イソ弁、中郷都々子で間違いないと思います」

鶴田もその名を知っていた。

「朱音静買収の窓口をやってた弁護士だっけ？」

「加西周明、朱音静、双方の代理人として動いていましたが、倫理規定違反をあのふたりから追及され、辞職しました」

「うん。それはそうと、これは防犯カメラの映像じゃないよね？」

「三門先生のオフィスには、防犯カメラはありません」

「内調がオフィスに隠しカメラを仕掛けてたって知ったら、三門先生、気を悪くするかな？」

「間違いなく」

鶴田が愉快そうに笑った。

「いや、だけどそのお蔭でこんなに早く鍵泥棒が発見できたんだから、感謝されてもいいよねえ。警察なんかよりもずっと早かったと思うよ。しかも、決定的瞬間まで押さえてさ」

「隠しカメラの存在は隠し通すべきかと」

真面目に進言する栗橋を、鶴田が茶化す。

「隠しカメラだけに隠しておかないとね」

「しかも今、鍵は中郷都々子の手元にはないようなので」

栗橋のひと言に、鶴田が驚いた顔になった。

「えっ、どこにあるの？」

その日の午後遅く、紅茶を淹れていた右京が組織犯罪対策部のフロアに目をやった。

「なにやら、よからぬ物体が接近中です」

首席監察官の大河内春樹《おおこうちはるき》を先頭に、捜査一課の伊丹憲一、芹沢慶二、出雲麗音が硬い表情でこちらへ向かってくる。青木年男の姿もあった。

「おはようございます」「おはようございます」

右京と亘が声を合わせて迎え入れたが、誰も応じず、大河内が亘の前に立った。

「まもなく、〈エンパイヤ・ロー・ガーデン〉から盗難届が出される。なにか言いたいことはあるか？」

「いえ、なにも」

「お前、〈エンパイヤ〉よく知ってるよな？」

伊丹の言葉に、亘は「まあ」と応じた。

「遺恨もある」と芹沢。

「まあ、なくはないですけどもね」

「だからって、見損ないました！」

麗音の激しい非難に、亘がたじろいだ。

「えっ？」

「詳しい話は別室で聞く。おとなしく同行しろ」

険しい表情の大河内に、右京が言った。

「待ってください。聞いていますと、冠城くんが〈エンパイヤ・ロー・ガーデン〉からなにかを盗み出したと疑われているようですが」

「そのとおりです」

「なにを？」亘がむきになって訊いた。

「鍵だ！　とぼけるな！」

大河内が一喝《いっかつ》すると、伊丹が鍵の入ったビニール袋を掲げた。

「これな」

それは右京たちが都々子から預かった鍵だった。

青木が説明する。

「いつものように詳しい事情も語らず、その鍵の部屋を突き止めたいから、なにか手掛かりないか調べろって傍若無人に渡された鍵が、まさかの盗品。下手人《げしゅにん》は貴様。恥を知れ、冠城亘！」

右京が一歩前に出た。

「鍵を君に渡したのが冠城くんだったとして、それがどうして彼が盗み出したことになるのでしょう？」

答えたのは芹沢だった。

「動かぬ証拠があるからですよ」

伊丹が補足した。

「冠城が鍵を盗み出す決定的瞬間をとらえた映像です」

「嘘⁉」

虚を突かれたようすの亘に、青木が言った。

「それが持ち込まれたとき、とても信じられなかった。けれど間違いなく貴様だ。それで率先して、鍵を預かったことを報告した。悪く思うな。僕は共犯者じゃない。善意の第三者だからな」

「悪ぶったり調子に乗ったりするけど、根っこは正義感の塊だと今日の今日まで思ってた！　見損ないました！」

麗音に罵《ののし》られ、亘は困惑した。

「ちょ、ちょっと待ってください」

と、突然、右京が豹変した。

「僕も見損ないましたね。近頃なにやらコソコソやっているので気にはなっていましたが、盗みとは驚き桃の木。いったい君の目的はなんですか？　言えるもんなら言ってごらんなさい！」

「黙秘します」亘が態度を変えた。

「結構」右京がうなずいた。「当然の権利です」

　右京は大河内を追いかけ、近くの会議室に招いて疑問をぶつけた。

「先ほど、まもなく盗難届が出されるとおっしゃいましたが、わざわざ先方から予告があったということですか？」

「情報を寄越したのは内調です。加西周明に関する一連の事件を受けて、〈エンパイヤ・ロー・ガーデン〉は監視対象になっていたようです」

「つまり監視中に察知した先方の動きを事前に知らせてくれたということですか？」

「現役警察官による窃盗という恥ずべき行為、可及的速やかに対処すべしということでしょう」

　大河内はそう解釈していたが、右京は納得しなかった。

「善意で知らせてくれたのでしょうかねえ？」

「ご承知のとおり内調は、トップの内閣情報官を筆頭に警察庁からの出向者が多く、霞が関では警察庁の出先機関といわれているぐらいですからね。今回の情報提供が善意かどうかはさておき、身内の不祥事をしっかり鎮火しろということだと理解しています」

「なるほど」

「冠城亘の単独犯だとは思えませんがね。共犯、窃盗を教唆した人物がいるはずです。

ごく身近にね。しかし正直この件、ボヤで済ませたい。大火事にならないように身を慎んでください」

大河内は右京に釘《くぎ》をさすのを忘れなかった。

右京は青木に入手した映像を見せてもらった。亘が〈エンパイヤ・ロー・ガーデン〉の所長室に忍び込み、隠し金庫から小箱を盗み出す一部始終が映っていた。

「どこからどう見ても冠城亘です」

右京が疑問を呈した。

「フェイクの可能性は？　ディープフェイク」

「真っ先に解析しましたが、フェイク判定は出ませんでした」

「フェイクの判定ができない以上、本物となりますねえ」

官邸の官房長官室では、栗橋が鶴田に報告していた。

「たった今、官房長官のご指示どおり、〈エンパイヤ・ロー・ガーデン〉が盗難届を出したようです」

「そう」鶴田が満足そうにうなずく。「例の映像は？」

「事前に内密で警視庁に提供いたしました」

「これで盗まれた鍵も速やかに戻るね。しかし、あのお嬢ちゃん弁護士、なんだってこんなまねしたんだろうね？」

そのお嬢ちゃん弁護士は、指定されたカラオケルームの個室に入ってきたところだった。中では杉下右京がしかつめらしい顔でシートに腰かけていた。

「ひとり？」都々子がさして広くもない部屋を見回す。「もうひとりはトイレ？」

「ひとりです」

「ひとりとなったら個室に呼びつけるなんて、見た目と違ってやばい人？」

都々子はからかうように言いながら、右京の前に座った。

「外で会うのが、憚《はばか》られたものですからね」

「どうして？」

「用心に越したことはありません」

そのときひとりの女性が通り過ぎるのが、個室の窓越しに右京の目に入った。

右京は亘がハメられた映像がフェイクであると知っていた。本当は亘ではなく、都々子が映っていたことは容易に想像がついた。その情報を使って、都々子にゆさぶりをかけた。

「さすがに盗品と知っては、我々も動きようがありませんよ」

　都々子も真剣な表情になっていた。

「バッチリ映ってんの？」

「ええ。あなたの犯行が」

「用心したんだけどな……。捕まえる？　よね？」

「場合によっては。有無を言わさず捕まえるつもりならば、こんなところに呼び出したりしませんよ」

　都々子は立ち上がり、右京の隣に腰を下ろした。

「抱かれれば見逃すとか？」

「はい？」

「そういうので融通利かす警察官、結構いるでしょ？」

「いいですか。君はどこかのネジが一本緩んでるような気がします。外れてしまわないうちにぜひメンテナンスをね。なぜ鍵を盗み出したのか、まずはそれから聞かせてもらえますか？」

　都々子が加西周明から聞き出した内容を伝えた。

「切り札ですか」

　思案する右京に、都々子が言った。

「それだけで詳しくは知らない。詳しく知りたいから頼んだの」

「知ってどうするつもりなんです？」

「悪いことする奴って、誰のことも信用しないでしょ。いつ裏切られるかわからないって用心してるはず。自分がいつでも裏切るから、相手もそうだと思うんだよね。だから、切り札っていうのは、窮地に陥ったときの逆転の一手じゃないかって思って。それって蜜月状態にあった鶴田翁助に向けてのものじゃないかって。相手は時の権力者だもん。丸腰で付き合うわけないよ、あの加西周明が……」

都々子の言いたいことを右京は正確に理解した。

「言い方を変えれば、加西の言う切り札とは、鶴田翁助の弱点である可能性があると？」

「うん」

「仮にそうだとしたら、あなたはその切り札をどうするつもりなんですか？」

「鶴田翁助との交渉に使う。庸子ちゃんのおかしな行動の理由《わけ》、知りたいの……。鶴田ならきっとなにか知ってると思う。もう本人に訊けないから……」

「おかしな行動とは？」

右京の質問に、都々子はいきなり立ち上がり、感情を爆発させた。

「なにもかもすべて！」ヒステリックに叫んだあと、「ごめん。落ち着く」と言って、テーブルの上に仰向けに寝転がった。

「あんなにあっさり殺人教唆を認めるなんて思わなかった。だって実行犯の殺し屋すら捕まってないんだから、その気になればいくらだって言い逃れできたはずだもん。それをしようとしないなんて、庸子ちゃんらしくない。罪をひとりで被ろうとしたのも気に食わない。一歩譲って組織防衛のため、内調を守ろうとしてのことなら、まだ理解できなくもないけど……。鶴田を守るためなんてあり得ない」

「あり得ませんか……」

右京が鸚鵡《おうむ》返《がえ》しに言うと、都々子が続けた。

「『フォトス』とか一部のメディアで、庸子ちゃんと鶴田が愛人関係にあったとか出てたけど、そんなウェットな関係じゃないよ。肉体関係はあったかもしれないけど、庸子ちゃん、男に溺れたりなんてしないもん。身を挺して男を守ったりなんてしないよ。そういう女じゃないの」

「そうですか」

「で、おかしな行動の最たるもんが自殺。絶対にしない」

右京は都々子の分析を完全には信じていなかった。

「言い切れますかね。捕らわれの身というのは想像するよりもずっと過酷です。自由だった頃の精神力が保てなくなっても不思議ではありませんよ」

都々子が上体を起こし、右京に食ってかかった。

「庸子ちゃんはそんな柔《やわ》じゃないの！　したたかでしぶといの！　物心ついた頃から

ずっと一緒の私が言うんだから間違いない！」

「しかし事実、死んでいる。仮に自殺でないとするならば……」

都々子の考えも右京の考えと同じだった。

「殺されたんだよ」

カラオケルームを出る際、先ほど窓越しに見た女性がロビーの椅子に座っているのに右京は気づいた。女性は筋肉質で目が細かった。


捜査一課の三人から取り調べを受けても、亘は黙秘を続けていた。沈黙に包まれ、重い空気の満ちた取調室に、ふいに右京が現れた。

「今、取り調べ中です。勝手に入られちゃ困ります」

麗音が止めようとしたが、右京は構わずに入ってきた。

「彼は犯行を自供しましたか？」

伊丹がうんざりとした顔で答える。

「自供どころかひと言も」

右京はつかつかと亘のもとへ歩み寄った。

「往生際が悪いですねえ。映像を見ました。間違いなく君です。君の犯行です。ただちに罪を認めて、とっとと拘置所へ行きなさい！」右京が声を荒らげた。「そして君は君のすべきことをなさい！」

捜査一課の三人は右京の剣幕に気圧《けお》されたようだった。一瞬間を置いてから、亘が口を開いた。

「万事休すか……。わかりました。俺がやりました。調書取ってください。逮捕状も」

右京が鑑識課に足を運ぶと、益子《ましこ》桑栄《そうえい》が、ＤＶＤ－ＲＯＭを差し出した。

「部長が検察から取り寄せて精査しろっていうんで、したけどさ。それより冠城亘、どうしちゃったのさ？」

「魔が差したとしか思えませんねえ」

右京がＤＶＤを受け取った。中には柾庸子の検視資料が入っていた。

右京は特命係の小部屋に戻り、パソコンで資料をつぶさに検《あらた》めた。

四

翌朝、警察庁長官官房付の甲斐《かい》峯秋《みねあき》と警視庁広報課長の社美彌子《やしろみやこ》が特命係の小部屋を訪ねてきた。特命係のふたりは組織上、峯秋の管轄下にあった。

右京は峯秋から渡された週刊誌のゲラに目を通すと、ふたりの訪問客が着いたテーブルの上に置いた。記事の見出しは「甲斐峯秋の不徳　子息ばかりか部下まで犯罪者」となっており、峯秋と亘の顔写真が載っていた。亘の目は黒い目線で隠されていた。

「六年前の享《とおる》の件を蒸し返したうえで、今回の冠城の逮捕につなげている」

不満げに語る峯秋に、右京が言った。

「よほどの事情通に取材したと見受けられますねえ。広報課で入手したものでしょうか」

「ええ。発売は明日」

美彌子が認めると、右京が訊いた。

「内調の仕業でしょうか」

「間違いない。メディアを使って世論形成するのは彼らの常套手段。子飼いのメディアもあるし」

峯秋が右京に迫る。

「そもそも冠城くんが鍵泥棒なんてのは、にわかに信じられんのだがね。今、君ら、なにを企んでるんだ？」

美彌子も峯秋に続いた。

「加西周明の件が継続中なのはわかっています。その最終目標が内閣官房長官、鶴田翁助だということも。当然、冠城亘逮捕送検もその目標達成のための行動ですよね？」

「とすれば、相変わらず無茶が過ぎる。上司として命じる。なにをしてるのか言いたまえ。嘘偽りなくね」

峯秋にそう詰め寄られると、右京も拒否できなかった。

「今回、向こうが仕掛けてきたディープフェイクに乗っかって、柾庸子の死について調査しているところです」

「柾庸子の？」美彌子は意外そうだった。

「自殺というのが、どうも腑《ふ》に落ちません」

「冠城くんの映像を僕も見たんだがね、あれもやはりフェイクなのかね？」

峯秋に問われ、右京が答える。

「盗み出したのは別人。そして、その詳細はノーコメント」

「だけど、フェイク判定は出なかったって……」

美彌子が疑問をぶつけた。

「本物でないことはたしかだけれども、見破れないフェイクということで、ある人物を思い出しました」

美彌子もその人物を知っていた。

「鬼石《おにし》美奈代《みなよ》？」

鬼石美奈代はディープフェイクを研究する科学者で、かつて内調の関わる事件で、殺人の罪を犯していた。

「彼女の技術を全面支援していたのは内調。そしてその背後には鶴田翁助がいる」

「そういえば、鶴田官房長官は、鬼石美奈代が逮捕されたとき保釈させたいと言ったそうよ」

　美彌子がもたらした情報に、峯秋が驚いた表情になる。

「殺人の被疑者をかね？」

「昔、小野田官房長がそれをしましたよね？」

　美彌子に訊かれ、右京がうなずいた。

「ええ。特命全権大使にして連続殺人犯、閣下こと北条晴臣《ほうじょうはるおみ》の保釈を強引に成し遂げました」

「それに倣って鬼石美奈代の保釈を望んだらしいの。栗橋内閣情報官が止めたそうだけど」

「たしかな情報かね？」

　峯秋が美彌子に確認した。

「内調が警視庁に協力者を仕込んでいるように、警視庁も内調に協力者を仕込んで情報取ってますから。鶴田官房長官は、小野田官房長を崇めて、なにかと手本にしているそうよ」

「鶴田は今、己《おの》が権力を誇るようにさまざまな場面で行使していますが、なるほど、そうでしたか……」

右京が腑に落ちた顔になった。

官邸の官房長官室で、鶴田と三門が密談をしていた。鶴田が小箱を開け、鍵を取り出した。

「これが懸案の鍵……」

「先ほど、うちのスタッフが警視庁へ引き取りに。お任せしたおかげで無事に戻りました。それにしてもまさか犯人が……」

鶴田が身を乗り出した。

「その件なんですが、実は先生にお願いしたいことが」

「なんでしょう？　なんなりとおっしゃってください」

「こうして戻りましたし、示談に応じてはいただけませんか？」

「示談に？」三門が困惑顔になる。

鶴田が立ち上がった。

「先生には包み隠さず事情をお話ししましょう。実は警察庁のほうから泣きつかれましてね。このまま冠城が起訴になれば、警察の面目は丸潰れです。そこで私が骨を折ることでなんとかできないかと……。被害者と加害者の間に示談が成立していれば、あとは私のひと押しで不起訴処分を出させることができる」

「不起訴となれば、無罪判決同様、前科はつきません。あの男へのしっぺ返しとして、犯罪者の烙印《らくいん》を押してやる、せっかくのチャンスを棒に振れとおっしゃるんですか」
不服そうな三門を、鶴田が抑え込んだ。
「どうかここは大局的にご判断いただきたい」

その夜、スポーツジムでトレーニングをしていた目の細い女のもとに、栗橋から電話が入った。
――決行してくれ。君のタイミングで構わない。

その日の深夜、東京拘置所でちょっとした騒ぎが起こった。それまで独居房で静かに模範的な態度で過ごしていた亘が、突如体の不調を訴えて、七転八倒しはじめたのだ。刑務官は独居房を解錠し、亘はストレッチャーで拘置所内の医務部病院に運ばれ、処置室で当直の医師の診察を受けた。医師に腹部を触られた亘は「イタタタタッ」と悶《もだ》えながら医師の白衣をがっちりつかんだ。

翌朝、特命係の小部屋では、角田が眼鏡を額にずり上げて、発売になったばかりの『週刊自由画報』の甲斐峯秋の記事に目を通していた。

「しかし、何度読んでも情け容赦ないよな」

と、肩口に誰かが顔を寄せる気配がした。そして聞き覚えのある声がした。

「どの記事ですか？」

「ん？　いや、今日発売のこれだ。甲斐峯秋も立つ瀬ないぞ……」と言いながら角田がふと横を見ると、週刊誌をのぞき込んでいたのは亘だった。「お、お前！」

ギョッとする角田に、亘は「脱走成功」と笑い、部屋の入り口の名札を裏返して黒字にした。

「嘘。嘘ですよ。真に受けないでください」

「だったら、どうやって戻ってきた？」

「それがなんか、狐につままれたみたいで……検事がやってきて、いきなり不起訴だと通告されました。理由を訊いても、開示していないと」

ここまでじっと黙って聞いていた右京が近寄ってきて、残念そうに言った。

「もう不起訴処分が出ましたか」

「あとは追い立てられるみたいに」

ふたりの会話で、角田は合点がいったような顔になった。

「魂胆あってとは思ってたが、そんだけがっかりするってことは、柾庸子の自殺について潜入捜査のまねごとしてたか？」

「そもそもが無理筋の企《くわだ》て。そのうえ、これほど短いと成果ゼロでしょうが、致し方ありませんね」

右京がデスクに戻ろうとすると、亘が声を張った。

「見くびってもらっちゃ困ります」

角田が好奇心を露《あら》わにする。

「収穫あったのか？」

「この俺が乗り込んだんですよ」

右京が戻ってきて亘の前の椅子に着席し、上体を前に倒した。

「それは素晴らしい。さっそく聞きましょうか」

「どちらにしたって短期決戦、おまけに不自由な戦いですからね。さてどうしたものかと思案の末、思いついたのが、東京拘置所医務部病院」

角田もその施設を知っていた。

「ああ、拘置所内の医療施設だろ。立派な総合病院だ」

「なにか手掛かりが残ってやしないかと思いましてね。いや、もちろん当てずっぽうですよ。でも下手の考え休むに似たり。舎房で悶々としてたってはじまりませんからね」

「君、前置きは結構。先へ」右京が急かす。

「真夜中、仮病使って病院に。病名不明。点滴打って入院となりましてね。いろいろ手こずりましたけど、医務室から失敬した道具で脱出成功、捜索開始！」

「捜索って、そう簡単にはいかんだろ。病院ったって普通の病院じゃない。拘置所だぞ」

「そのとおりでした」亘が角田の懸念を認めた。「どこから湧いて来るんだか、刑務官がわんさか現れて、あえなくお縄。捜索失敗。都合よくいかないもんですね」

呆れた右京が再びデスクに戻ろうとするのを見て、亘が声量を上げた。

「いや、ここからが冠城亘の真骨頂！　図らずも貴重な情報に出くわしたんです。ああ……もってます、俺。真夜中の騒ぎに、入院患者が癇癪《かんしゃく》起こしたんです。『いい加減にしろよ！　先週の夜に続いて今夜もか！　また自殺騒ぎかよ！　うっせぇわ！』って」

右京は亘の言いたいことにすぐ気づいた。

「なるほど。先週の夜に自殺騒ぎ」

角田も気がついた。

「先週っていや、柾庸子の自殺した二十五日だろ？」

「そのとおり」と亘。

「柾庸子は病院に運ばれてましたか……」

右京のつぶやきを亘が受ける。

「そこ、気になりますよね」

右京がデスクに戻り、パソコンで柾庸子の検視資料の中から、遺体の写真を表示した。

首に索状痕が明瞭に残っていた。

「この写真を見る限り、柾庸子は蘇生の見込みはなかったと思われますがねえ」

「見込みあったら、悠長にこんな写真、撮ってませんよね」

「つまり先週の夜の騒ぎというのは、柾庸子の遺体を運び込んだときのこと、でしょうかね」

「遺体搬出までの間、病院に安置したんじゃないか？」

角田が示した見解に、右京が異を唱えた。

「もしそうだとしても、患者の安眠を妨害するほどの騒ぎになりますかね？　遺体の運び込みとなれば、むしろ粛々とおこなわれてしかるべきかと」

亘が同意した。

「そんな状況で、刑務官が慌ただしく廊下走ったりしませんよね」

角田も納得した。

「たしかにな。走るって状況は、自殺を図ったが、まだ息がある段階で運び込まれてこそだ。命を繋《つな》ぎ留めるのに一刻を争うから、騒ぎにもなる」

「そう考えると、この写真とは矛盾しますねえ。不可解ですねえ……」

右京がなにやら考え込んだ。

右京と亘は中郷都々子を訪ねることにした。都々子の住むマンションに向かいながら、先日のカラオケルームでの都々子の発言を、右京が亘に伝えた。

「言っていました。柾庸子は自殺など絶対にしないと」

「殺されたって、そう言ってたんですか？」

「むろん確証があるわけではなく、青木くんの陰謀論に毛が生えた程度の心証に過ぎませんがね」

ふたりは都々子の部屋に着き、チャイムを鳴らした。しかし、応答がなかった。

「どうします？」

亘が訊いても右京は答えず、しゃがんで新聞受けの隙間から室内をのぞいた。

「なんか見えますか？」

「いいえ。しかし、ギンギンに冷えています」

「冷えてる？」

「部屋ですよ」

亘が右京とポジションを交代した。

「……すごい冷気」

「冷房を効かせているのでしょうが、しかしまだ冷房を入れるような季節ではありませんからねえ」

そう言いながら右京がドアノブを回すと、ドアが開いた。

「おや……ご在宅でしょうか」

亘が玄関をのぞき込んだ。

「うわあ、寒い！　ごめんくださーい」

「やはり留守でしょうかねえ」

「鍵掛け忘れのうえ、冷房消し忘れですか」

「ええ。消し忘れにしても温度低すぎですね、この冷え方は」

右京が靴を脱ぎ、部屋に上がる。亘もあとに続いた。都々子の部屋のインテリアは彼女のファッションと同様に派手だった。見回すと、天蓋付きベッドの布団が盛り上がっているのが見えた。布団を被って寝ているのかと思った亘は、「中郷さん」と呼んだが、返事はなかった。

亘が恐る恐る布団をめくる。都々子は目を見開いたまま事切れており、右手首の傷から流れ出た血で、シーツがぐっしょりと赤く染まっていた。

しばらくして、捜査一課の面々と鑑識課の捜査員たちがやってきた。

益子桑栄が現場を見るなり言った。

「手首切ったか……」

芹沢慶二は都々子が利き手の左手に持っていた鋭利なナイフに目をやった。

「これでスパッと」

「自殺？」

麗音の質問に、益子が答える。

「一見するとそうだが……。戸締まりはしてなかったんだよな？」

「玄関は開いてましたよ」

亘がそう答えると、伊丹が振り返った。そしていつもの如く、右京が現場の遺留品をつぶさに検めているのを見て難色を示す。

「警部殿、余計なことしてないで、いい加減、なんでこんな場面に遭遇したのか、納得できる説明、お願いできますかね？」

「どこから話せばいいか、あれこれ迷っていたのですが、かいつまんで申し上げると、彼女、鍵泥棒の真犯人なんですよ」

亘が思わず上司に突っ込んだ。

「ちょっとかいつまみ過ぎでしょう」

警視庁に戻った捜査一課の三人は、参事官の中園に特命係の変人警部から聞き出した情報を報告していた。

「鍵泥棒の真犯人だと？」

目を丸くする中園に、芹沢がうなずいた。

「特命係はそう言ってます」

「しかも自殺じゃないって。自殺する理由がないどころか、中郷都々子はこのままじゃ、死んでも死にきれない状況だったたって。たしかに冷房が気になりますよね」

麗音から水を向けられ、芹沢が見解を述べた。

「季節外れの冷房。それも最低温度設定。自殺じゃなく他殺だとするなら、犯人が犯行時刻を誤魔化《ごまか》すためにしたと考えられなくもない」

伊丹は別の可能性に触れた。

「だが、本当に鍵泥棒の真犯人だというのならば、それがバレたのを気に病んで自殺したとも考えられるけどな」


その頃、右京と亘は鑑識課にいた。亘が現場写真を眺めながら益子に言った。

「結局、自殺で処理。俺らの話、聞いてましたか？」

「あんたらの話、信じる根拠がないからな。手首見ただろ？　しっかりためらい傷もあったし。自殺って見立てが妥当だろう」

右京が反論する。

「多少気の利いた犯人ならば、ためらい傷の工作ぐらいしますがねえ」

「が、ためらい傷までこしらえて自殺に見せかけようって犯人がだよ、玄関の戸締まりもせずに現場去るとは思えないね。合鍵でも手に入れれば、密室にできるんだから」

鑑識課の部屋を出て、右京が言った。

「たしかに玄関の鍵がかかっていなかったのが中途半端ですし、つけっぱなしの冷房もそうです。犯行時刻を誤魔化すためではないかと疑問が湧く時点でペケ」

亘も右京の意見に同意した。

「すんなり自殺で処理されるところが、不可解な冷房のせいで、他殺を疑われるきっかけになりますからね」


翌朝、警視庁の副総監室では、衣笠藤治が苦虫を嚙み潰したような顔で、新聞をテーブルに投げつけた。甲斐峯秋が検察に圧力をかけて、部下の不可解な不起訴が成立したという内容の記事が載っていた。

「事実ですか？」

詰問口調の衣笠に、峯秋が「まさか」と応じた。

「記事は『帝都』一紙？」

「ええ」同席していた社美彌子が答える。「『帝都新聞』は今、最も政府寄りですから、官邸からのリークで書いたと考えるのが妥当かと」

　峯秋が新聞を手に取った。

「こっちでもね、今回の件には直接関係のない倅《せがれ》の事件を詳細に報じてる。悪意の塊のような記事だよ」

「『週刊自由画報』の記事と連動して、甲斐さんを潰しにかかってます。後追いの記事も出るかもしれませんね」

　美彌子が今後の展望を推測すると、衣笠が不機嫌そうに語った。

「あなたのことを知ってる人間ならば、あなたに検察を動かす力など、これっぽっちもないことは百も承知。しかし、世間は記事を信じます。ましてや、全国紙『帝都』の記事となれば。あなたが不当な圧力をもって部下の起訴を阻止したと思う。許しがたき不正義が警察官僚によっておこなわれたと。我々警察にとってはいい迷惑」

「承知しているよ」と峯秋。「むろん迷惑をかけることも本意ではない」

「ああ、言うまでもなく、我々は甲斐さんの味方です。全力で守りますが、世論というやつは想像以上に手ごわい。あるいは力及ばずということも……」

　衣笠が脅すように言った。

　社美彌子はその後、特命係の小部屋に『帝都新聞』を持っていった。右京が記事を読んでから、亘のほうを向いた。

「君に鍵泥棒の罪をなすりつけておいて、早々と不起訴にした理由とはこういうことでしたか」

美彌子が顔を曇らせ、懸念を口にした。

「これ以上エスカレートすれば、甲斐さんの立場、本当に危うい」

亘が美彌子の意図を探る。

「まさか俺らを止めに？」

「止めて止まるとは思っていない。でもこれだけは覚えておいて。もしも二者択一に追い込まれるようなことがあれば、あたしは迷わず甲斐さんを選ぶわ」

右京と亘は刑事部長室に呼ばれた。そこには内村の他に中園と大河内の姿があった。

「度重なるメディアの甲斐さん攻撃が、実はふたりへの牽制《けんせい》」

右京の説明を聞いた大河内が確認した。

「間違いありません。冠城くんの鍵泥棒容疑も、下された不起訴処分も、すべて仕組まれたものです」

「誰に仕組まれたというんだ？」

仏頂面で問う内村に、右京が躊躇《ちゅうちょ》なく答えた。

「内閣官房長官、鶴田翁助ですよ」

「軽々しく滅多なことを言うもんじゃありませんよ！」

大河内がたしなめたが、亘も引かなかった。

「動かぬ証拠ってのも、彼の仕掛けたディープフェイクです」

「映像は間違いなく本物だと報告を受けている」

中園の言葉に、右京が真っ向から反論する。

「いいえ、フェイク。当の本人に覚えがないのですから」

「鍵泥棒の真犯人は、昨日、自宅で自殺体で見つかった弁護士の中郷都々子だそうだな？」

「ええ、彼女です」右京が認めた。「自殺というのには疑問がありますが」

「つまりあなたは、鍵泥棒の真犯人を知っていながら、黙っていたというんですか」

大河内が監察官らしく右京の行動を咎めたが、当人はどこ吹く風だった。

「なにしろ捜査一課は冠城くんを犯人と決めつけていましたからねえ。その方針に僕ごときが逆らうことなど……」

「どの口が言うか！」中園が怒鳴りつけた。

大河内は続けて亘に向き合った。

「お前も犯人を知っていたのか？」

「ええ」

「由々しき事態だな」内村が顔をしかめる。

「おっしゃるとおり」

軽く受け流した亘を、内村が叱責した。

「貴様がだ！　犯人を知ってたくせに、犯行を認めたわけだな。警察を愚弄する行為、不正義は断じて許さん。この俺が罰を下す。過去の蛮行を含めて懲戒処分は免れん。場合によっては免職だ」

「め、免職⁉」予想外の事態に亘が絶句した。

刑事部長室を出て廊下を歩きながら、亘が右京に愚痴をこぼした。

「嘘の自白強要したの、右京さんですからね」

「そうでしたかねえ？」右京がとぼける。

「俺、クビかもしれませんね。今の部長、侮れませんよ」

五

右京と亘が警視庁の遺体安置所に入ったとき、嗚咽《おえつ》の声が響いていた。鳥取から上京し、娘の無残な姿と対面した都々子の父親が、むせび泣いているのだった。その隣には柾七平の大きな体が影のように寄り添っていた。

右京が近づき、七平に耳打ちした。

「ご連絡差し上げました杉下です」

七平を廊下に連れ出すと、右京は改めて頭を下げた。

「このたびは無理を言って上京願い恐縮です」

「いんや。まさか都々子まで……。あれの父親に付き添ってやるの、やぶさかじゃなかったしね。母親は知らせ聞いて、ぶっ倒れちまったから余計ね」

「お母さん、大丈夫ですか？」

亘が気遣いを見せた。

「ショックで貧血起こしただけだから。それよりあたしになんの用？」

右京が用件を切り出す。

「実は少し前に都々子さんから、あなたに会ったと聞いていたものですからね」

「ああ」七平が事情を語る。「庸子が自殺したとき、会いたいって郷里《くに》に帰って来たもんでさ。庸子は両親亡くなっちまってるし、兄弟姉妹もねえもんだから、いっさい合切《がっさい》、俺が取り仕切らにゃならんかったからね」

「都々子さんによれば、あなたは今日のように上京なさって、庸子さんの遺体を確認なさったとか」

「まさかこんな短い間にふたりも見送ることになるとはさ……」七平はしばし物思いにふけり、すぐに我に返った。「ああ、そう、確認した。想像してたより安らかな死に顔だったんで、ちょっとホッとした」

「遺体と対面なさった場所は覚えておいでですか？」

「病院の霊安室みたいなとこだったかな」

「病院？」右京が疑問を覚えた。「拘置所ではなく？」

「東京不案内だしね、迎えの人に案内されるままついていっただけだから」

「案内した法務省の職員から名刺とか受け取りました？」

亘が訊いたが、七平は首を横に振った。

「いや、もらってない。身分証、チラッと見せてくれただけ。三十前の若い人。佐野《さの》って言ってたかな」

「下の名前は？」

「さあ。それより庸子は自殺じゃないって本当かい？　都々子がそんなこと言ってたからさ」

そこへ捜査一課の三人が現れた。

「特命係～」

伊丹が憎々しげに呼ぶと、芹沢はからかうように言った。

「またなにか悪巧みですか」

亘が大柄の人物を三人に紹介した。

「柾七平さん」

「柾……」

反応する麗音に、七平が自己紹介した。

「柾庸子の叔父ですわ」

「中郷都々子のお父さんに付き添って」亘が説明した。「それより三人おそろいでどうしたんです？」

答えたのは麗音だった。

「遺体を解剖することになりました」

「部長の追加指令」芹沢が補足する。「わずかでも自殺に疑義があるなら、そっちのほうも徹底的に捜査しろって」

「どっちにしても首洗って待っとけ」

伊丹が捨て台詞《ぜりふ》を吐き、三人は遺体安置所に入っていった。七平が不審そうにつぶやいた。

「庸子ばかりか都々子まで自殺じゃねえんかい？」

特命係の小部屋に戻ったふたりは、法務省の職員名簿を調べた。亘が職員のひとりに目を留めた。

「佐野って職員は一名。定年間近。別人ですね」

「どうやら法務省職員を騙《かた》って、何者かが柾七平さんを案内したようですねえ」

右京がそう言ったとき、青木がふくれっ面で入ってきた。

「やられた。サイバーテロだ。我がサイバーセキュリティ対策本部がアタックを受けた」

亘が呆れる。

「呑気にこんなところへ来てていいのか？」

「まあ、大した被害じゃないし、犯人の目星はついてる」

「誰の仕業なんです？」右京が興味を示す。

「たぶん内調です」青木が亘を睨《にら》みつける。「こいつの盗っ人行為の動かぬ証拠映像、すっかり消去されました。他は大した被害じゃない。明らかに目的はあの映像の消去」

「用済みの品を回収ってとこですかね」と亘。「残ってたら、いろいろ都合悪いから」

「内調のことだ。そもそもそんなもの渡してないってすっとぼける気さ」

「内密に提供されたというのがミソですねえ」

飄々《ひょうひょう》と述べる右京に、青木が嚙みついた。

「他人事みたいに！　ふたりが妙なことしてるから、あちこち飛び火して、みんな迷惑被《こうむ》ってるんですよ。猛省を促しに来ました。わかったか？　呑気に来たわけじゃないぞ、馬鹿たれ。こんな非生産的なことに付き合わされるのは金輪際御免です。以上！」

叩《たた》きつけるように言って去っていく青木を見送りながら、右京が推理を語った。

「法務省職員を騙った男も内調の仕込みではありませんかねえ」

「俺も今、そう思いました。柾庸子の件でも、中郷都々子の件でも、内調が暗躍してる気配ありありですよ」

「そしてその背後には鶴田翁助がいる」

右京が静かにつぶやいた。

その鶴田翁助は苛立《いらだ》ちを隠さずに栗橋へ電話をかけていた。

「君んとこにしては珍しく時間がかかってるじゃないか。加西周明がなにを残したのか拝みたくて、毎日うずうずしているんだ。奴は切り札だって言ってたらしいからね」

「テトロドトキシンだと⁉」

中園は捜査一課の三人から、中郷都々子の遺体の解剖結果の報告を受けた。

伊丹がうなずく。

「遺体から出ました」

「通常考えられません」

芹沢の言葉を受けて、麗音が進言した。

「これはもう他殺を疑うべきかと」

その夜、右京と亘が〈こてまり〉で飲んでいると、引き戸が開いて新しい客が入ってきた。客が甲斐峯秋だとわかり、女将の小手鞠が声を弾ませた。

「あら、いらっしゃいませ。お珍しい」

峯秋は険しい表情で右京と亘の間に茶封筒を叩きつけると、少し離れたカウンター席に座った。

「ビールもらおうかな。喉《のど》が渇いた」

「かしこまりました」

亘が茶封筒からゲラを取り出したタイミングを見計らい、峯秋が説明した。

「明日発売の週刊誌のゲラだ」

亘がゲラを確認する。「高級官僚甲斐峯秋　愛人芸者に店を持たせてご満悦人生　警察裏金疑惑に迫る」というタイトルの記事だった。

「今度は『週刊トピック』ですか……」

小手鞠が瓶ビールを運んできた。

「『週刊トピック』なら、数日前に電話で問い合わせがありましたよ」

「ああ」峯秋がうなずく。「君が『まったくの事実無根だ』とコメントしたと載ってるよ。ちゃんと当事者に取材したというエクスキューズだね」

右京はゲラに目を通しながら言った。

「まったくのデタラメ記事ですが、ところどころ事実が混ざってますねえ」

「ああ。内容にいくつか事実があればね、読者はすべてが真実だと思いがちだ。実際、僕がこの物件を小手鞠に紹介したのは紛れもない事実だけどね」

「でもお金に関しては、すべて私の貯金。甲斐さんからは、銭たりとも受け取っておりません」

小手鞠が断言した。

「それが週刊誌にかかると、開店資金も物件を紹介した甲斐さんが調達したことになる」

亘の言葉を峯秋が受けて言った。

「官房機密費同様、ずっと燻《くすぶ》り続けている警察の裏金疑惑を絡めた悪質な記事だ」

亘が記事の一節を読み上げた。

「あっ。『元赤坂芸者小手鞠さんは資金援助については否定したものの、愛人関係は否定しなかった』……」

峯秋が小手鞠を睨みつけた。

「そう、それだよ。その点については、君の申し開きを聞きたいと思ってね」

小手鞠が嫣然《えんぜん》と笑う。

「そんな怖いお顔なさらないでくださいな。ちゃんと否定しましたよ。甲斐峯秋さんの愛人呼ばわりされるなんて光栄ですって」

「そんなふうに言ったのか」

「だって、あんまりにも馬鹿馬鹿しいんですもの。私もよろしい？」

亘が読み終わったゲラを渡すと、小手鞠も目を通しはじめた。

「ご覧のとおりの集中砲火だよ」

峯秋の愚痴に、右京が応じる。

「我々が原因であることは重々承知。忸怩《じくじ》たるものがあります」

「僕だけならまだしも、こうして小手鞠にまで飛び火した」

今度は亘が応じた。

「卑怯者、ここに極まれりですね」

「このままでは本当に、僕は潰れてしまうかもしれない。いや、僕だけじゃない。周りのなんの関係もない人たちもだ」

「わかってます。わかってますけど……止まりませんよ、俺たち。決着つくまで」

亘が心苦しげに宣言すると、峯秋が意外なことを言った。

「誰が止まれと言った？」

「えっ？」

「叩き潰せ、鶴田翁助を！　完膚《かんぷ》なきまでにだ！」

怒りをたぎらせる峯秋に、右京と亘は顔を見合わせた。


翌朝、角田六郎はいつものように特命係の小部屋で、マイカップにコーヒーサーバーからたっぷり注いだコーヒーを飲んでいた。

「そりゃ、テトロドトキシンが検出されたとなりゃあ、自殺でございとほっかむりってわけにもいかんだろ」

亘はネルドリップで淹れたコーヒーを味わっていた。

「犯人はテトロドトキシンの筋弛緩作用を利用して、中郷都々子の手首を切ったってことですかね？」

「ああ、たぶん。わざわざためらい傷までこさえてな」

右京はティーポットから紅茶をカップに注いだ。

「さぞかし無念だったでしょうねえ。真相がなにもわからずじまいで。僕はね、冠城くん、彼女の直感に賭けてみようと思っています」

「直感に賭ける？」

「切り札、ですよ」

亘にもようやく右京の言いたいことがわかった。

「例の加西周明の鍵ですか」

「彼女は鶴田翁助の弱点に違いないと考えていました」

「聞きましたけど、鍵はもう返却されちゃってますからね。賭けるったって、もはや調べようが……」

「君の留守中、僕が遊んでいたとでも？」右京がワイシャツの胸ポケットから一本の鍵を取り出した。「救い出しました。悪の手に落ちる前に、鑑識の棚から」

右京は鑑識課に忍び込み、小箱の中の鍵を別の鍵とすり替えておいたのだった。

「いやいや、それって鍵泥棒じゃないですか？」

一時は鍵泥棒として捕まっていた亘は、本物の鍵泥棒の出現に呆れた。

「いいえ、レスキューです」右京が屁理屈を述べる。「先方は保管を依頼されていただけ。形状など詳細については認知していなかったようで、案の定、今もってクレームなし。戻った鍵を本物と信じて疑っていないようですねえ。ああ……」

右京から視線を浴びせられた角田は、「見ざる言わざる聞かざるだ。俺を巻き込むな」と言って、部屋から出ていった。亘が鍵を見つめた。

「それが切り札……本当に鶴田を追い詰める鍵だとしたら、図らずも俺ら加西周明の仇《かたき》を取ることにもなりますよね」

「ええ。彼にはせめて地獄への花道を作ってやりましょう。中郷都々子同様、彼も今のままじゃ、死んでも死にきれないでしょうから」

「想像を絶する悪党どもだな」

オープンカフェに呼び出され、右京と亘から鍵をレスキューした顛末《てんまつ》を明かされた青木の第一声がそれだった。右京が微笑んだ。

「この鍵、正体を確かめたくありませんか？」

しかし、青木は自制した。

「盗っ人猛々しいにも程がある！」

「本音は確かめたいんだろう？」

亘にけしかけられ、青木は憤然と席を立った。

「言いつけたりしないのは、せめてもの武士の情けだ。自分たちだけで処理しろ」

立ち去ろうとする青木に、右京が悪魔のささやきの一矢《いっし》を放つ。

「のぞき見るだけ」

青木はのぞきが趣味だった。

「のぞき見る？」

「ええ、正体をこっそり」

「見るだけ？」

「それならば、それほど罪は重くないでしょう」

右京にそそのかされ、青木が再び席に着いた。そして鞄からパソコンを取り出し、凄《すご》い勢いでキーボードを叩きはじめた。

「場所は足立区。幽霊ビルだ」きょとんとする特命係のふたりに、鈍い奴らめと言わんばかりに青木が説明した。「この鍵だよ」

亘は驚きを隠せなかった。

「まさか、もう調べついてる？」

「この俺が鍵を預かったまま、ボーッとしてたとでも思ったか？」

「どうして黙ってた？」

「鍵が返却されちまえば、場所突き止めてたとこで意味ないだろ、馬鹿たれ」

その頃、港区の〈白洲《しらす》臨海パーク〉のベンチの上で、ひとりの女性の遺体が見つかった。女性は鍛えあげた筋肉質の体をしていたが、首には絞殺された痕が残っていた。

右京と亘は青木の案内で足立区にある廃ビルを訪れていた。

青木が得意げに解説する。

「幽霊ビルってのはもちろん通称。ずっと使われず放置されっぱなしで、夜なんか明かりひとつなくて不気味だから、いつしか近所の人がそう呼びはじめた。加西周明が一棟買いした数ある物件の中でも最初期のもので、のちの大躍進の拠点となったところらしい。なので、手放さずにいたんでしょう。メモリアルってとこだな。加西の所有物件のどれかだろうと当たりをつけましたが、なにより鍵が古いタイプだし、それに見合う物件といったらここしか残ってなかったので、特定するのは簡単でした」

三人は正面玄関に回り、ドアを開けようとした。しかし、施錠されており、開かなかった。

「ここの鍵ってことですかね……」

亘が半信半疑で鍵を鍵穴に差し込むときちんとはまり、簡単に解錠できた。

ビルの中は散らかり放題で、埃《ほこり》が溜まっていた。手前の部屋から順にドアを開けようとしたが、鍵がかかっていて開かなかった。

その頃、東京都監察医務院の遺体安置室には、栗橋東一郎の姿があった。栗橋を呼んだ所轄署の刑事、糸以《いとい》蔵《ぞう》が遺体に被せられた白い布をめくった。絞殺痕の残る女性の死に顔が現れた。血の気を失った顔から生前の表情をうかがうのは難しかったが、目が細く感じられた。

遺体を一瞥《いちべつ》して目を逸らした栗橋に、糸が説明した。

「申し上げましたように、港区の〈白洲臨海パーク〉で絞殺体として発見されました。しかし、身元が皆目《かいもく》わからんのです。この女性について、なにかご存じありませんか？」

「知らないな」

「ご存じない？　よくご覧になってくださいね」

栗橋は「十分見たよ。もういいね」と言い残し、さっさと遺体安置室を出ていった。

糸が遺留品のスマホを掲げて追いかける。

「お待ちを。どうしてあなたに身元確認のお願いがいったか、気になりませんか？　これなんですよ。被害者の所持品で、いわゆる飛ばしの携帯なんですが、なんとここに登録されてる番号はたったひとつ。あなたの携帯番号だけなんです。調べたら通話記録もありますしね。ご存じないはずはないんですよ。栗橋さん！」

しかし、栗橋は振り返ることなく、監察医務院から立ち去った。

亘と右京が手分けして調べたところ、施錠されていないのは一室だけだった。ドアを開けて、亘を先頭に部屋に入る。

「鍵なしで開いたの、この部屋だけですけども、ここになにか……」

部屋の中はやはり埃だらけで、隅にはくもの巣がかかっている始末だった。亘がスマホのライトで部屋の奥の壁を照らした。

「ありました」

右京が見つけたのは、キーボックスだった。フックに数十本の鍵がかけられていた。

「手分けして、片っ端から開けていきますか？」

青木が提案したが、右京はただひとつ鍵のかかっていないフックを指し示した。

「いえ、この部屋だけ鍵がありません。むしろ気になりますねえ」

目的の部屋は三階にあったが、ドアは施錠されており、開かなかった。

「やっぱり他の部屋を片っ端から」

青木が再びそう言ったが、右京はドアの脇に置いてある枯れた観葉植物の鉢植えに目をやった。

「案外ここだったりして。鍵の隠し場所としては定番ですから」

「こんなとこにあれば苦労しませんよ」

青木はせせら笑ったが、右京はかまわず鉢を持ち上げた。その下に一本の鍵が置かれていた。

「おやおや……」

右京は鍵を拾い上げ、鍵穴に差し込んだ。ロックが解かれ、ドアが開く。さほど広くない室内に、何台かのパソコン端末やファイルサーバーが置いてあり、しかも電源が入っていた。空調も稼働中で停電に備えての非常用電源まである。棚の上には複数のＨＭＤ（ヘッド・マウント・ディスプレイ）が載っていた。ＨＭＤとはパソコンなどを使用する際のゴーグルで、装着すると、ヴァーチャル・リアリティ空間を体験できるようになっていた。

ＨＭＤにつながったパソコンのディスプレイをスリープモードから解除すると、「加西周明の館」という画面が浮かび上がった。

そのとき右京のスマホの着信音が鳴った。社美彌子からの着信だった。右京は部屋から出て、電話に出た。

「杉下です」

ふと気配を感じて顔を上げると、廊下にスーツを着た若い男が立っていた。この部屋にやってきたところ、ふいに右京が出てきたため、鉢合わせしたようだった。男は慌てて踵《きびす》を返し逃げようとした。右京が廊下に転がっていたコードを投げつけると、男は足を取られて転倒した。その音を聞きつけて、亘が廊下に出てくる。男の確保は亘に任せて、右京は電話に戻った。

「失礼しました」

――どうしたの？　大丈夫ですか？

「大丈夫です。それよりご用件はなんでしょう？」

——港区の公園で身元不明の女性の絞殺死体が見つかったんだけど、この件に栗橋東一郎が絡んでいるみたいなの。

「栗橋内閣情報官が？」

——遺体の身元確認のために呼ばれたらしいの。

右京は幽霊ビルを出て、監察医務院へ向かった。


一方、亘は若い男の身柄を確保していた。

「君、何者？」男が答えないので、ドア口からこちらをうかがっている青木に声をかける。「のぞいてないで、出てくりゃいいだろ」

「君子危うきに近寄らず」

青木がドアを閉めて部屋に引っ込むのと同時に、男が口を開いた。

「どんな権限で俺を拘束してる？」

「君、立派な建造物侵入罪。わかってる？」

「そっちはどうなんだ。偉そうに言える立場か」

憎まれ口を叩く男に、亘が言った。

「いろいろ事情を知ってるみたいだな。まあ当然か。こんなところに偶然居合わせるわけないもんな。よし決めた。この際、自分のことは棚に上げて、君を建造物侵入で現行犯逮捕する」

監察医務院の遺体安置所に到着した右京を、糸が出迎えた。

「殺害は昨日の深夜と思われますが、公共の場所のベンチで殺されていたにもかかわらず発見が遅れたのは、ホームレスが寝ていると思われて、誰も死んでることに気づかなかったからです」

糸の隣にいた若い捜査員が遺体に被せた白い布をめくる。

右京はその女を知っていた。都々子と一緒にカラオケルームに行ったとき、二度にわたって目にした女に違いなかった。

糸が右京の顔色を読んだ。

「ご存じですか？」

「袖振り合うも多生の縁、といったところでしょうか」

監察医務院の会議室のテーブルに女の遺留品が並べられていた。右京がビニール袋に入ったスマホを取り上げた。

「これがその栗橋内閣情報官のホットラインですか？」

「そうです」糸がうなずく。

続いて右京はメモ帳の入ったビニール袋を手にした。

「見ても？」

「あっ、どうぞ」糸が白手袋を渡す。

「恐縮です」

右京は手袋をはめて、メモ帳を取り出した。表紙に「献立計画」という文字が見える。中をめくると、まるで一流レストランのコース料理のような毎日の献立が手書きで記されていた。

「これは豪華メニューですねえ」

「被害者《ガイシャ》、料理人なんでしょうかね？」

右京は糸の疑問には答えず、隣にあった一本の裸の鍵に着目した。

「鍵ですか……」

「自宅の鍵ですかな」

糸の言葉に、右京が答えた。

「家の鍵をこのように裸で持ち歩くのも珍しいですねえ。たとえ一本でもキーホルダーを使うなり、チャームを付けるなりしそうなものですがね」

亘は手錠をかけた男を警視庁の留置場の前まで連れてきた。青木も同行していた。

「あの入り口を入ると留置場。どうせ身元バレちゃうんだから、とっとと吐いちまえ。身元確認できれば、特別に解放してやる。これがラストチャンス」

男は亘のはったりには引っかからなかった。

「進退ここに窮《きわ》まったか。現行犯で逮捕してみたものの、あんたに逮捕状なんか取れっこない。つまらないまねはやめて解放しろ。本当に俺を留置場に入れたら、ややこしいことになるだけだろ」

「さすがは事情通、すべてお見通し。どこの誰かしら？　よし、じゃあ、お茶でも飲みながら考えよう。さあご馳走してやるから来い」

亘はそう言うと、男を特命係の小部屋に連れてきた。男を椅子に座らせて、ペットボトルから注いだお茶をテーブルに置いた。

「冷たいので我慢してくれ。ほら、ストロー必要だろ？」

「いい加減、手錠外せ！」

「訴えるならどうぞ。ただし名無しの権兵衛じゃ受理されないと思うけどね」

青木が亘を部屋の隅に呼んで忠告する。

「大丈夫か？　破れかぶれだったらもうやめとけ」

「大丈夫」と亘が答えたとき、男のスーツのポケットでスマホの呼び出し音が鳴った。

「電話出ていいぞ。あ、そうか、出られないのか」

亘が男のスーツの内ポケットに手を差し込む。

「おいよせ、やめろ！」

「人の親切、無駄にするな」

取り出したスマホのディスプレイには「栗橋」の表示があった。通話ボタンを押すと、苛立ったような男の声が聞こえてきた。

——俺だ。なぜ連絡寄越さない？　もしもし？　もしもし？

亘がスマホを男の口元に近づけた。男がスマホに向かってしゃべる。

「はい、私です。申し訳ありません。今、取り込んでますので、後ほどかけます」

右京が監察医務院の会議室でなおも殺された女の遺留品を調べていると、スマホが鳴った。

「もしもし」

——ああ、俺です。あの男の正体わかりました。法務省の佐野です。

「柾七平さんを案内したという人物ですか？」

——ええ。本当の身元は依然不明ですが。

「詳しく話してください」

——あのあと、ちょっと無茶して男を連行しました。建造物侵入の現行犯。もちろんブラフだってことは、端っから見抜かれてましたけど、狙いは時間稼ぎ。彼が単独で行動してるはずありませんからね。連絡が途絶えれば、きっとなにか反応あると思って。

「なるほど。そしてあった？」

――しびれ切らしたのか電話が。スマホに栗橋って表示されてたんで、瞬間やっぱりって思いました。

「栗橋内閣情報官からでしたか」

――間違いありません……あの声。

「あの男は栗橋内閣情報官の差し金で動いていたわけですね」

――実は、もしも身柄解放まで身元の特定に役立つような情報を得られなかったとしても、せめて顔写真ぐらい撮っておきたいと思って……まあ普通じゃ拒否られて、まともに撮れっこありませんからね。ちょっと青木とひと芝居打って……。

「貸せ！」という声が聞こえ、青木に代わった。

――代わりました、青木です。冠城亘はすべて自分の手柄のように言ってますが、正確を期すと、顔写真ぐらい撮っておこうと提案したのは僕です。撮ったのも僕！

再び亘に代わる。

――それで、とにかく顔写真を確保したんですけど、彼が栗橋内閣情報官の差し金とわかったとき、これはと思って……。

「柾七平さんに面通しはしましたか？」

――さっそく、写真送って確認してもらいました。そっちはどうです？

「中郷都々子殺害の犯人がわかりました」

――本当ですか？

そのとき会議室に捜査一課の三人が入ってきた。右京は「戻ったら詳しく」と、電話を切った。

六

特命係の小部屋に戻った右京は、殺された女についてわかったことを亘に説明した。

「今頃、伊丹さんたちが検証している頃ですが、おそらく合鍵でしょう。なぜならば中郷都々子の部屋にあった鍵のうちの一本と同型でしたから」

亘がうなずく。

「もしも右京さんが中郷都々子とのデート現場で目撃した女が、彼女の部屋の合鍵を所持していたとなれば、そりゃもう怪しすぎますよね」

「僕は中郷都々子殺害犯と睨んでいます」

「ところが、そいつも遺体で発見された……」

「自称佐野同様、殺された身元不明の女性も栗橋内閣情報官の差し金で動いていたのでしょう」

栗橋は都心の広場で、スーツ姿の若い男から報告を受けた。

「奴ら、舐めたまねを……。早晩、顔認証で身元がバレるだろう」

栗橋の言葉に、男がうなだれる。栗橋はスマホの通信アプリに文字を打ち込んだ。

――部屋が判明いたしました。詳細は追って。

そして、そのメッセージを鶴田に送った。

捜査一課のフロアでは芹沢が中園に相談していた。

「どこまで突っ込んでいいんですか？」

「いやあ、内閣情報官絡みだからな……」

煮え切らない態度の参事官に、麗音が嚙みついた。

「誰が絡んでいようと、殺人の有力な被疑者が浮上したんですから、とことん突っ込むべきじゃありませんか？」

「まあまあまあ、落ち着こう」

芹沢がなだめようとしたが、麗音は引かなかった。

「落ち着いてる場合じゃありませんよ！　その有力な被疑者も殺されてるんですよ。大事件じゃないですか？」

「大事件の様相を呈しているからこそ、むしろ慎重にだ」

及び腰の発言をする伊丹に、麗音が抗議する。

「そんなの詭弁です！」

そこへ刑事部長の内村が入ってきた。

「殺人の被疑者とおぼしき女が他殺体で発見されたと聞いた。これは大事件だ」

ここぞとばかり、麗音が言い立てた。

「大事件だからむしろ慎重にいこうと、今、話してました」

「慎重さにとらわれて、動きが鈍くなると本末転倒。慎重かつ大胆に。恐れるな。我々には正義という盾がある」

「わかりました！」麗音が声を張る。「それから、どこまで突っ込んでいいかというのも議題に上って……」

「おい、お前！」芹沢が麗音の口をふさいだ。「捜査なんだ、お前、どこまでも突っ込んでいいに決まってるだろ！」そして、内村に言った。「少しばかり捜一の仕事に慣れたからって、やたら理屈言うんで困ってます」

「やっと言葉を発するようになった赤ん坊です」伊丹も内村に告げ口し、麗音を叱る。「慎め！」

麗音が芹沢の手を振りほどき、逆襲する。

「この件、内閣情報官が絡んでいるからって臆病風に吹かれた参事官が……」

中園が慌てて遮った。

「内閣情報官が絡んでいると知って臆病風に吹かれた芹沢を私、中園が叱咤激励しております。恐れるな！　部長がおっしゃるとおり、我々には正義という盾があるんだ」

背後で四人が小競り合いを繰り広げていることも知らずに、内村が命じた。

「実は俺も内閣情報官の件で来た。栗橋東一郎を連行しろ。任意に応じなければ、逮捕も視野に」

亘が特命係の小部屋を出ながら言った。

「リークが功を奏するといいんですけどね」

右京もあとに続いた。

「今の部長ならば号令一下、捜一を動かしてくれますよ」

「正義の使者ですからね。月光仮面も真っ青」

内村の命を受け、捜査一課の三人は栗橋を連行し、取り調べをおこなった。

「栗橋内閣情報官、専用のスマホでやり取りしといて、相手が何者か知らないなんて、いくらなんでも通りませんよね」

伊丹が机の上に置いた証拠品のスマホを、芹沢が指差した。

「今、これの持ち主の女に殺人の容疑がかかってるんです。身元の特定が急がれてるんですよ」

「その女性も殺害されました。加害者であり被害者なんです。一刻も早い事件解明のためにも！」

麗音の訴えは栗橋の耳には届いていなかった。栗橋の脳裏には、ここへ来る前に鶴田が語った言葉が鮮明に蘇っていた。

——泣いて馬謖《ばしょく》を斬る。やむを得ないが、そういうことになると思う。といって絶望することはないよ。僕が朱雀武比古先生にしてきたこと、君も知っているだろ？　ずっと力になる。それと、おそらく君の一番の心配事は、奥さんとお子さんたちのこと……。まったく心配いらないよ。一生何不自由なく暮らせる。いや、不自由などころか贅沢に暮らせるだけのものをすぐに送るから。

「栗橋内閣情報官！」

伊丹に詰め寄られ、栗橋はようやく口を開いた。

「……身元はわからない」

「そんなの通りませんよ！」

芹沢が抗議したが、栗橋は動じなかった。

「本当なんだ。連絡は取り合っていたが、身元はわからない。知る必要がないからだ。いうなれば彼女は消去装置だ」

麗音が机を強く叩いて、立ち上がる。

「格好つけないでください！　つまり人殺し雇ってたってことですよね！」

芹沢が頭に血の上った麗音を抑えて、栗橋に向き合った。

「あなたの依頼で中郷弁護士は殺された、という理解でよろしいですね？」

「ならば訊きます。なぜ中郷都々子を消去したんですか？」

伊丹が質問したとき、隣の部屋からマジックミラー越しに取り調べのようすをうかがっていた右京と亘が入ってきた。伊丹は闖入者《ちんにゅうしゃ》を無視して続けた。

「当然、理由がある」

栗橋が黙秘していると、亘が口を開いた。

「代わりに俺が答えましょうか？　鍵泥棒した中郷都々子が、よりにもよって俺らと結託したからです。それが誰かさんの逆鱗《げきりん》に触れた。個人的恨みとかで中郷都々子を殺したりはしないでしょうからね。当然指示あってのこと。汚れ仕事ってやつ。誰かさんってのは、言わずもがなでしょ？」

「甘いな」栗橋が言った。「我々は指示などなくても必要なことはやる」

右京が割って入った。

「つまり、仕える相手の望みを確実に察知して、速やかに行動に移す。そういうことでしょうかねえ？」

「中郷都々子が君らを頼ったこと、相当不快だったと思うよ。だからといって、僕に消去を指示したりなどしないがね」

「鶴田翁助を庇《かば》ってるんですか？」

麗音が迫ったが、栗橋は否定した。

「庇ったりなどしない。事実を言っている」

「なるほど。まあ、それはさておくとして。どうやら正体は殺し屋と判明したあの身元不明の女、加西周明も殺しているようですよ」

右京のひと言で、唖然《あぜん》とする捜査一課の三人の前に、亘が女の遺留品のメモ帳を置いた。

「遺留品のひとつです」

右京が説明する。

「中身の献立表、メニュー内容もさることながら、我々が注目したのはその日付です」

亘が続けた。

「三月七日から十四日までの献立なんですけど、その期間、加西周明が出張料理人を雇っていた期間と見事に一致するんです」

「ひょっとして、あの女、加西周明殺しで手配中の出張料理人、藤原久美子《ふじわらくみこ》を名乗っていた女ではないかと思いましてね。調べてみました」

伊丹は藤原久美子の容姿を思いうかべた。たしかに久美子も目は細かったが、かなりふくよかな女だった。

「いや、藤原久美子とは風貌が全然……」

「整形手術と肉体改造の結果です」

亘の言葉を右京が裏づける。

「加西の部屋から採取された指紋のひとつと、あの女の指紋が一致しました。同一人物で間違いありません。曰く、彼女が消去装置であるならば、肉体改造もふたりの殺害も驚くほどのことではありません。むしろ我々が気になっているのは別のところです」

「別のところって?」麗音が訊き返す。

「殺しのプロが、なぜ犯行の手掛かりとなるようなものを所持していたかです」

「加西周明殺しと中郷都々子殺しを、わざわざ教えてくれてるみたいですね」

亘の言葉に、右京が同意した。

「まさに! そしてそれこそが重大な疑惑を解きほぐすヒントになりました」

「重大な疑惑を解きほぐすヒント?」

芹沢が困惑すると、右京は言った。

「中郷都々子の部屋が強烈に冷やされていたのは、犯行時刻を誤魔化すためでもなんでもなかったんですよ」

その頃、鶴田翁助は副総監の衣笠藤治に電話をかけていた。

「警察にとっては身内のようなものでもあるし、できるだけ穏便に。国家のため粉骨砕身、尽くしてくれていたんだし。僕はね、罪は憎むが、人は憎まないんだ」

――それは素晴らしいお心掛けかと。

「あとね、それとは別件なんだが、ちょっと相談がね……」

――なんでしょう?

「もうひとり連行されているようなんだが……」

刑事部長室では中園が内村に報告していた。

「鷲見三乗《すみみのる》、年齢二十六歳。なんと元刑事で、目白北警察署の捜査二係にいたようです。一昨年、突如一身上の都合により退職し、調査会社を設立。その後は内調からの仕事の依頼を受けていたと思われます」

「内調に一本釣りされてからの退職か……」

「おそらく」

「わかった。ご苦労」

中園は立ち去りかけて、内村を振り返った。

「それから……栗橋内閣情報官の逮捕状、本当によろしいんでしょうか？」

「殺人教唆を認めたんだろう？　被疑者の逮捕送検が我々の仕事だ」

内村の正義が揺らぐことはなかった。


その頃、栗橋とは別の取調室で、鷲見が取り調べを受けていた。取り調べをおこなっているのは右京だったが、鷲見は黙秘を続けていた。

──身元が特定されるのも時間の問題。逃げても埒《らち》が明かんから、素直に同行に応じるがいい。大丈夫だ。少しの辛抱だ。

鷲見は鶴田からそう言い含められていた。

「なにもお話しいただけませんか」

右京が粘っていると、取調室のドアが開き、大河内が現れた。

「切り上げてください」右京には丁寧な口調で、亘には厳しく命じた。「ちょっと来い」

大河内はふたりを会議室に案内した。会議室には衣笠と社美彌子、青木の姿があった。

まず口を開いたのは青木だった。

「もうすべて白状した。僕はそそのかされて加担してしまっただけだということも包み隠さず」

大河内が右京に向き合った。

「つまり、鍵泥棒の犯人はあなただったというのが、このストーリーのオチでしょうか？」

右京の返事を聞かずに、衣笠が重ねた。

「言い訳はいっさい聞かんぞ。許し難き暴挙。責任を取ってもらう。ただし、お前らにじゃない。甲斐峯秋にだ。もともと息子のとんでもない不祥事があって、かろうじて首の皮一枚で繋がっていたようなもの。今回は直属の部下の不祥事とあれば、木っ端みじんだろう」

大河内が衣笠に一礼する。

「今度こそ依願退職に追い込まれるでしょう」

「場合によっては懲戒免職だ」

そこへ美彌子が割って入った。

「そうはさせないわ」

「実は彼女が甲斐さんの延命にひと役買ってね。この件、穏便に済ませられるよう先方と交渉してきたそうだ。見上げたもんだよ」

嘲《あざけ》るように言う副総監を無視して、美彌子は右京と亘に言った。

「この件を不問に付すための条件は返却」

「鍵ですか」と亘。「幽霊ビルの入り口と部屋の鍵、二本預かってますが」

「それと鷲見三乗も」

「なるほど」右京が理解した。「先方というのは鶴田翁助でしたか」

「今回の一連の事件が彼のコントロール下にあることはわかってるでしょう？　もちろん、あなた方を助けるためじゃない。甲斐さんを助けるためにはこうするしかないの。決定事項。あなた方の意向はいっさい関係ない」

青木も右京と亘に言った。

「もう鍵は提出しました。選択の余地なんかないだろ！」

衣笠が険しい顔で告げた。

「お前たちにも選択の余地のないことは、今、社くんの言ったとおりだ。ただちに鍵と鷲見三乗を返す。さもなくば穏便に済まず、警察が傷つく。正直、お前らも甲斐さんもどうでもいい。警察の威信だ、俺が守りたいのは」

取調室のドアが開き、捜査一課の三人が出てきた。

「出口はあっち！」

指で示す伊丹のあとから鷲見が現れ、ふてくされた顔のまま出口に向かって歩きだす。反対側から歩いてきた右京と亘が鷲見とすれ違ったが、お互いなにも言葉は交わさなかった。

麗音が特命係のふたりに不満をぶつけた。

「彼のことは、もともと無茶な連行ですよ」

「部長をたぶらかすのも結構だけどさ……」

皮肉を言う芹沢に、亘が抗弁した。

「建造物侵入は三年以下の懲役または十万円以下の罰金。微罪じゃありません。連行にも根拠ないわけじゃない」

「自分ら棚に上げてなきゃな」

伊丹に痛いところを突かれても、右京は涼しい顔だった。

「我々、大いに反省しているところです」

その夜のうちに先手を打って、鶴田が会見をおこなった。

「先ほど逮捕されたことを受け、栗橋内閣情報官の辞任届を受理いたしました」

ざわめく記者の中から手が挙がった。

「内閣情報官は連行前に辞任届を？」

「司直の手が伸びていることを知り、自らの出処進退を明らかにしておこうと考えたのでしょう。なお田崎《たさき》次長が臨時に内閣情報官を務めますが、日を置かず新たな内閣情報官を任命する所存です」

特命係の部屋を出ながら、亘が右京に言った。

「結局、なにも聞けませんでしたけど、はっきりしたことがひとつ。鷲見三乗は鶴田翁助にとって、ぜひとも奪還しなければならなかった、いわばキーパーソン」

「僕もこれで確信しました」右京が力強く言った。「柾庸子の件はすべてフェイクだったと。自殺などではありませんよ」

ふたりが東京地検を訪れたとき、帰り支度を済ませた階がちょうど廊下に出てきたところだった。

階はふたりの顔を見て溜息をついた。

「面会は断ったはずですが」

右京が右手の人差し指を立てた。

「お願いします。ひとつだけ」

階は無視して歩きだす。

「しぶとくて図々しいのが身上なので」

亘はそう宣言して右京と一緒に、階のあとを追った。地検の建物の正面玄関を出たところで、ふたりを振り切れないと見た階は、根負けして足を止めた。

「ひとつだけと言っていましたね。なんですか?」

右京が質問した。

「柾庸子を拘置所から移送するには、担当検事のあなたの許可が必要ですよねえ。どこへ移すということでした?」

「許可は出していません」

「はい?」

「急を要する事態だったと、あとで担当者から謝罪がありましたが、手続きを蔑ろにされて不愉快この上なかったです」

「要するに事後承諾?」亘が確認する。

「承諾もなにも、腹立ったので途中で電話切ってやりました」

「どこへ移したと言ってましたか?」

右京がさらに訊くと、階は「近くのERとか言ってましたけど、詳しく聞く気もありませんでしたね」と答え、歩きはじめた。

右京がその背中に呼びかける。

「ああ、ちなみにその担当者の名前は？」

「法務省の、さの、だったかな……」

階は振り返りもせずに答えた。


解放された鷲見三乗はホテルのスイートルームのベッドの上に大の字になって、以前、栗橋からかかってきた電話を思い出していた。

——あまり気は進まないが、官房長官のご命令だ。

それは、柾庸子を殺せという指示にほかならなかった。


翌朝、右京と亘はハンバーガーショップに捜査一課の三人を呼び出し、階から聞いたことを伝えた。

それを受けて伊丹が確認する。

「近くのER……つまり拘置所の近所の救命救急室のある病院に移送したってことか」

「けれど、救命措置の甲斐なく柾庸子は死亡した、ってことになるよな」

芹沢のまとめに、麗音が異を唱えた。

「でも、なんかおかしくありません？」

「ああ、ストンと落ちない。なぜだ？」

伊丹が疑問を呈し、芹沢が答えた。

「たぶん……自殺を企てて死にかけている人への救命措置ってそんな専門性が必要かってとこじゃありません？」

「それですよ！」麗音が同意した。「町医者に担ぎ込まれて、うちの手に余るっていうならまだわかりますけど、拘置所の病院ですよね」

「総合病院だからな。たしかに移送する理由が曖昧《あいまい》だな」

伊丹も同意したところで、亘が言った。

「でしょう？」

右京が左手の人差し指を立てた。

「同時にもうひとつ腑に落ちないことが。叔父の七平さんが柾庸子の遺体と対面したのは、病院の霊安室のようなところだったとおっしゃっていましたが、息を引き取る前、あるいは引き取ってからそれほど時間が経たないうちに駆けつけたならばいざ知らず、七平さんが到着したときに病院の霊安室で対面するなど、通常はあり得ないと思うんですよ」

亘がうなずいた。

「病院の霊安室はそんなに長時間、遺体を置いておきませんからね。普通ならば無言の帰宅。じゃなきゃ葬儀社の遺体安置室。必要ならば警察の遺体安置所。そういうところへ移されるはずですが」

「その点については七平さんの記憶も曖昧で、迎えの人の案内に従っただけだとおっしゃっていましたがね」

「その案内人ってのが鷲見三乗でした。この一点だけ取っても、柾庸子の件がまともじゃないことはわかりますよね」

亘が疑念をぶつけると、右京が付け加えた。

「言うまでもなく栗橋元内閣情報官がそこに大きく関わっていることも」

七

ハンバーガーショップを出て、右京と亘が出庁したとき、普段は開け放したままの特命係の入り口が暗幕で覆われていた。ふたりが暗幕をまくって入ると、青木がひとりでコーヒーを飲んでいた。

「なにやってんの、お前?」

亘が問うと、青木がにやりと笑った。

「もちろんのぞき防止だ。いろいろ邪魔が入ってのぞきそびれちゃったでしょ。気が治まりませんよ」

「のぞくって、お前、まさか……」

青木は幽霊ビルの一室にあったパソコンの中をのぞくつもりだった。

「ファイルサーバーがあったし、あの部屋だけで完結してるものと思ったが、よく見たらちゃんと外のウェブサーバーと繋がってた。つまり遠隔操作可能ってことだ。ならば……」

「バックドア仕込んだのか」

呆れる亘に、青木が言った。

「君子は昼寝でもしてたと思ったか？」

三人は青木の用意したＨＭＤを装着し、「加西周明の館」というＶＲ空間へ入っていった。

門番に扮した加西のアバターが、忍者姿の三人のアバターを迎える。なぜか右京は青、亘は緑、青木は黄の忍び装束になっていた。

「よく来たな、加西周明の館へ。この館は誰も拒まない」

門が重々しく開き、三人のアバターは建物の玄関へ向かった。

今度は執事に扮した加西のアバターが待っていた。

「ようこそ、お待ちしておりました。主人はただ今、大広間です。お客さまはワインセラーでお待ちを。ご案内します」

門番の加西も執事の加西も、NPC（ノン・プレイヤー・キャラクター）としてセットされていた。NPCとはプレイヤーが操作できないキャラクターで、プレイヤーのアバターがNPCの持ち場に入ってくると、常に決まった動作で迎えてくれる。

「まさに加西周明の館」

HMDを付けたまま、現実の右京が感想を述べると、亘が応じた。

「自己顕示欲の塊。加西らしいですね。おい、青木。どうでもいいけど俺たちの格好、間抜けすぎねえか？　忍び込んだわけでもなく普通に門から入っただけだもんな」

「ごちゃごちゃ言うな。俺は忍法だって使えるぞ！　それっ！」

VR空間では、それまで黄色の忍び装束だった青木が一回転したとたん、スーツをきちんと着込んだ右京に変身した。そして忍び装束の右京に向き合った。

「そういう悪ノリ、感心しませんねえ」

忍び装束の右京が非難しても、青木の悪ノリは止まらなかった。

「いや、まだだ。ここからが本番」

スーツを着込んだ右京が青木の声で宣言して一回転すると、その声が右京の声に変わった。

「僕はね、冠城くん、青木くんの優秀さに正直脱帽なんですよ」一回転して、再び声だけ青木に戻る。「アバター同様に、データサンプルがあれば、こんなことぐらいできる！青木年男を舐めるな」

「降参です。元へ。どうにも落ち着きません」

「勝った！」

青木が操っているスーツ姿の右京がガッツポーズを決め、一回転して黄色の忍び装束の青木に戻る。

「早いとこ行きましょう。執事が待ちくたびれてます」

亘が次の部屋へいざなう動作を何度も繰り返している執事姿の加西を気遣うと、青木はせせら笑った。

「ほっときゃ、一生ああだ。NPCは切ないなあ」

「さあ、どうぞこちらへ」

執事姿の加西に導かれ、三人の忍者が広間のような部屋に入ると、突然照明が消えた。

と、魔物に変身した加西が暗闇に浮かび上がり、哄笑《こうしょう》した。

「久しぶりのご馳走だ！」

「ここはどこだ？　真っ暗だ」

HMDをつけた生身の青木が怯えると、亘が軽く受け流した。

「どちらにしても、俺たちゃ今夜の食材らしい」

「僕としたことが、すっかり油断していました」

右京がHMDを外し、亘と青木も従った。

「くだらない仕掛けしやがって」青木が罵る。「リセットします？」

「そんなことより、音声まで自在に変えられるとは驚きでした」

びっくりしたようすの右京に、青木が自慢げに言った。

「携帯電話の通話が、本人の声そのものを送ってるんじゃなくて、サンプリングされたよく似た音声を合成して使ってるの、ご存じでしょう？　それを応用してみました」

捜査一課の三人は栗橋東一郎の取り調べをおこなっていた。いつも掛けているサングラスのような色のついた眼鏡を取ると、栗橋は邪気のない疲れた中年男に見えた。

黙秘を続ける栗橋を、伊丹が攻める。

「いいですか、繰り返しますよ。東京拘置所付近の救急病院に柾庸子が運び込まれた記録はない。しかし、あなたの手下の鷲見三乗は近くのERに移送したと担当検事に話してるんです」

「それも法務省職員を騙ってね」

芹沢が補足すると、伊丹が栗橋の耳元で問いかけた。

「奴が単独でそんなこと、できるはずありませんよね？」

麗音がしびれを切らす。

「鷲見三乗はあなたの指図で動いた。栗橋内閣情報官！」

「元内閣情報官だ」

伊丹に訂正されると栗橋の表情が一瞬強張ったが、口は固く結んだままだった。


「完黙ですか」

右京は特命係の小部屋で、捜査一課の三人から報告を受けていた。

「関与は間違いないのにいっさい語らないってことは……」

亘に水を向けられ、右京が推し量る。

「鶴田翁助のウィークポイントだからでしょうね」

「事前の辞任届提出からもわかるとおり、栗橋は覚悟を決めて取り調べに臨んでいますけど、鷲見三乗にはその覚悟がなかった」

伊丹の言葉を、芹沢が受ける。

「耐えられずにゲロっちゃうのを恐れたか……」

「だったら殺されちゃうかも。それこそ口封じ」

右京は麗音とは別の見解を持っていた。

「可能性はゼロではないでしょうが、いくら鶴田翁助といえども、そうそう殺し屋の手配を命じられるような人物は擁していないでしょうからねえ」

「じゃあ……」

「ほとぼりが冷めるまで手元に置いて守る……いや、安全なところへ逃がすほうがいいですかねえ」

「高飛び？」亘が推理した。「高飛びならアメリカ、韓国以外ですね。この二カ国とは犯罪人引き渡し条約結んでるから避けるかも」

「ええ、高飛びなど、その最たるものですねえ」

鶴田翁助はホテルのスイートルームのソファに腰を沈め、鷲見に問いかけた。意図がつかめず、鷲見が訊き返す。

「得意なことですか？」

「パソコンでも料理でも自動車整備でもなんでも。人よりちょっと抜きん出ていると思うようなこと、ないかね？」

鷲見は部屋に置かれたアップライトピアノの前に座り、軽やかな指さばきで『エリーゼのために』を弾いてみせた。

「子供の頃スパルタ教育されました。今でもキーボード、暇潰しにやったり」

「よし！」鶴田が勢いよく立ち上がった。「君を音楽系レクリエーションスタッフとして、どこかの大使か領事に採用させよう。いやなに、名目なんてなんでもいいのさ」

翌朝、ある一報を受けた甲斐峯秋は警視庁の広報課を訪ねた。応接室に通されて待っていると、社美彌子がやってきた。

「いやはや驚いたよ。矢も盾もたまらず来てしまった。これはいったいどう考えればいいんだね？　まっ……まあ、座りたまえ」

刑事部長室でも、その一報が話題となっていた。

「これも官房長官の攻撃なのか？」

内村完爾に問われ、中園照生が答えた。

「探ってみましたが、そういうことではないようです」

「あり得ん人事だ。彼女はロシアと通じていた」

彼女というのは社美彌子のことだった。ロシアのスパイ、ヤロポロクとの間にマリアという娘をもうけている。

「その疑惑については、レイプ被害の告白とともに、彼女白ら葬り去りましたから」

「本当は、彼女はロシアのスパイと情を通じていた。こういう不正義は許せん」

憤慨する内村を、中園がなだめる。

「部長の憤《いきどお》りはごもっとも。ただ今は、身を挺してロシアのスパイから情報を得ていた愛国者という評価のほうが……」

「他にも閣僚に反対の意見があったろう」

「いやあ、今の鶴田官房長官なら反対意見を抑え込むなど、わけもないかと」


「あちこちで大騒ぎね」

カフェのテーブルに置かれた新聞を前に美彌子が言った。美彌子の向かいには亘の姿があった。

「そりゃそうでしょ、まさか課長が……」

亘の隣に座っている右京が、記事を示した。その見出しは「警視庁広報課長社美彌子氏　新内閣情報官に内定　内調初女性トップ」となっていた。

「こうして記事になったからには、すでに打診があり、承諾なさったということでしょうかねえ」

「ええ」

「失礼ながら課長にはデリケートな過去がある。そんな課長を内調のトップに据えるなんて、相当の力業」

亘が美彌子とヤロポロクの関係に触れた。右京は今回の異例の人事の背景を探った。

「鶴田翁助が権力誇示のためにやった可能性が高い」

美彌子が認める。

「たしかに鶴田官房長官じゃなきゃできない人事だと思う」

「とはいえ、鶴田も伊達や酔狂でこんなことしないでしょ」

「あなたを内調トップに据えたからといって、嫌がらせにもなんにもなりません。つまり、甲斐さんに仕掛けたような攻撃ではない」

右京の言葉を、亘が受けた。

「論功行賞。課長へのご褒美の人事じゃないかと」

「実は僕が例の鍵をレスキューした件、瞬く間に向こうに知れてしまいましたが、なるほど、課長ならばと思いましてね」

右京が推理を語ると、亘が疑念をぶつけた。

「一方で課長は、我々にも向こうに関する有益な情報をもたらしてくれる。もしかして課長って二重スパイ?」

「訊かれて、はいそうですって答えるスパイもいないでしょ」

「この人事を見る限り、課長は我々を売ることで鶴田翁助の信頼を勝ち得たのではないかという疑惑が……」

美彌子がはぐらかす。

「目のつけどころが杉下さんらしい」

「我々、鶴田翁助、追い詰めますよ」

亘の宣言を聞いて、美彌子は立ち上がった。

「どうぞ。邪魔はしないわ。協力もできないかもしれないけど」

「鶴田翁助が失脚すれば、この人事も白紙に戻る可能性があるんじゃありませんかねえ」

右京がほのめかした見通しを、美彌子はきっぱり否定した。

「そんな茶番にはさせないわ」

特命係の小部屋に戻った亘が、美彌子との会話を蒸し返した。

「二重スパイ確定ですかね？」

「内調から有益な情報を取るために、こちらの差し障りのない情報を流していた。もちろん可能性はありますねえ」

そこへ青木がやってきて、部屋の入り口の暗幕を閉めた。

「入った」

青木の合図を受け、三人はＨＭＤを装着した。

そのとき加西周明の館の書斎に続く階段の上に、皇帝のような豪華な衣装を着た鶴田翁助と、勲章をたくさんつけた高級将校のような姿の三門安吾のアバターが現れた。すると、階段の下で待ち受ける宮廷衣装姿の加西周明がソファから立ち上がって迎えた。

「遅かったじゃないか。まあ、好きにくつろいでくれ」

機械的な動きから、この加西がＮＰＣであることは間違いなかった。

鶴田と三門が階段を下り切って、加西と対面したとき、階段の上のドアが開く音がして、加西が再びソファから立ち上がった。

「遅かったじゃないか。まあ、好きにくつろいでくれ」

鶴田と三門が振り返る。階段の上には黒いドレスをまとった柾庸子のアバターがいた。

「お前！」

顔色を変えた鶴田に、庸子が言った。

「鶴田官房長官、あなたのおかげで生き返ることができて、とても感謝しています」

庸子の横に加西周明が現れた。こちらはＴシャツにジーンズという軽装だった。

「そりゃ不公平だな。俺なんて殺されたまんまだぜ」

「こ、これは？」

三門が戸惑って背後を振り返った。NPCの加西はソファに座ったままだ。階段上の加西は、誰かがVR空間で変身しているアバターのようだった。アバターの加西が庸子に言った。

「っていうか、俺のこと殺したの、あんただよな？」

「私は命令に従っただけ」

「誰の命令だよ」

「内調トップの栗橋東一郎に決まってるでしょ。私は宮仕えの身なの」

「で、その栗橋に命令したのが鶴田翁助、お前だよな」

加西のアバターに告発され、鶴田のアバターが絶句する。加西が階段を下りてくる。

「ひっでえ話だ、まったく。長年持ちつ持たれつ、お前とはうまくやってきたのにさ」

「調子に乗るからよ」

一段ずつ下りながら責める庸子に、加西が言い返す。

「っていうか、あんたの自殺はフェイクだろ。すべてお見通しだぜ。なぜかって？　そりゃ殺されて悔しくて成仏できずに、ずーっと漂ってるからさ。浮遊霊ってやつ？　あんた自殺したと見せかけて、実は生きてる。別人に生まれ変わってね」

いつしか加西も庸子も階段の下までやってきていた。そこで加西が鶴田に詰め寄った。

「もちろんそんなふざけたまねして世間を欺いたのは、お前だ、鶴田翁助。昔、小野田公顕が日本にはない証人保護プログラムを力ずくで起動させた。死んだと見せかけて別人に生まれ変わらせて、そいつを守ろうとしたんだ。お前も今回、それをしようとしたわけさ。俺殺しの罪を全部ひっかぶってくれた代わりに、柾庸子に自由と新しい人生を提供した。もちろんそんなこと、簡単にできやしない。だからこそ、お前はやろうとしたんだ。己の権力を誇示するために。それで柾庸子も救えりゃ、一石二鳥だもんな」

「茶番はやめろ！」

幽霊ビルの三階の一室で、ＨＭＤを付けた本物の鶴田が叫ぶ。

「お前らがやってるのはわかってるぞ！　杉下右京！　冠城亘！」

鶴田の横でＨＭＤを装着していた三門が、「官房長官、落ち着いてください」となだめた。

ＶＲ空間では皇帝のような格好の鶴田が、黒衣の庸子とＴシャツ姿の加西に、罵声《ばせい》を浴びせていた。

「こいつらはあのふたりが操ってるんだ。ふざけたまねを！」

軍服姿の三門が首をひねる。

「しかし、どうやって入り込んだのか？」

「わかりませんが、そうじゃなきゃ説明できんでしょう。あそこの加西とはまるで違う」

鶴田がソファに座ったＮＰＣの加西を示した。「意思を持ってしゃべってる」

「お待ちください。調べてみます」

幽霊ビルにいる生身の三門がＨＭＤを外したらしく、ＶＲ空間内の軍服の三門は電池の切れたおもちゃのように動かなくなった。

「待ってろ。お前らの化けの皮を剝がしてやるからな」

度を失って叫ぶ鶴田に、加西のアバターが茶化すように言った。

「その前にお前の化けの皮剝がしてやるよ、鶴田翁助。殺された恨み、晴らさでおくべきか。恨めしや～」

このとき階段上のドアが開き、ＮＰＣの加西がソファから立ち上がった。

「遅かったじゃないか。まあ、好きにくつろいでくれ」

階段の上に新たに現れたのは、白いタキシードを着込んだ右京と亘のアバターだった。

「我々はご覧のとおりここに。ふたりを操ったりしてませんよ」

亘が言って、ふたりは階段を下りてきた。

「ええ。私は私」

庸子の言葉を鶴田が一蹴する。

「ふん、あり得ない」

「どうして？」

亘の質問に、鶴田が憎々しげに答えた。

「ふたりとも死人だからだよ」

「たしかにな」加西が自嘲する。「俺は浮遊霊だからな」

「でも私は違う」庸子が否定した。「死人じゃないわ。加西殺しの罪をひとりでかぶる代わりに、別人にして自由にしてくれるっていうから取引しただけ。そんなことできっこないと思ったけど、俺は鶴田翁助だぞって言葉に、残りの人生賭けてみる気になった。この先、何十年も刑務所暮らしするぐらいならって」

「ほら見ろ。やっぱりだ」と加西。

「たとえ失敗したって、私は大したことないし。刑務所暮らしは一緒だし。失敗で多大な損害被るのは鶴田官房長官のほうだもの。私が官房長官の愛人だって噂も都合よかった。罪を被る上では世間が納得しやすいものね」

「こいつは驚いたね……。そんなドライな取引があったなんてお釈迦《しやか》さまでも気がつくめえってやつか」

おどける加西の横で、庸子が続けた。

「そのあとは指示どおりにしただけ。内調が抱き込んだ刑務官からこっそり渡されたカプセル飲んだら仮死状態になった。苦しかったわ。正直謀《はか》られたって思ったわ。騙されて始末されちゃうんだって」

「だろう？　悪党さ。こんな信用ならねえ奴は他にいねえからな。そう思って当然」

「うるさい、黙れ！」と鶴田が怒鳴った。しかし、庸子はよどみなく語り続けた。

「結果的に取り越し苦労だったけど、そのときは本当にそう思った。死にそうなまま拘置所の病院に運ばれて、移送されて外へ出て。そしたら独居房と寸分違《たが》わないようにこしらえたっていう部屋に連れていかれて、自殺遺体のまねごとして。それから潰れてもない病院の霊安室で、死に化粧で七平叔父さんと対面。何年ぶりだったかしら……。もちろん感動の再会ってわけにはいかないわ。なにしろ私は死体だもの。あとは用意してくれたホテルに潜伏してたら、これが新しい君だよって戸籍謄本とパスポートくれた。その瞬間、私の新しい人生がはじまったの」

「世迷言《よまいごと》はやめろ！　お前は死んだ！　自殺したんだっ！」

幽霊ビルの一室で鶴田がＨＭＤを外しながら叫んだとき、三門のスマホが鳴った。

「はい。どうだった？　なに？　わかった。また必要あれば連絡する」通話を終えた三門が鶴田に報告した。「バックドアが仕込まれているようです。遠隔操作で館に侵入しているんです」

「奴らだな。跳ねっ返りのあのふたりに、青木というサイバーセキュリティの捜査官がいつも協力している」

「だとしたら間違いありませんね」

「あとひとり、協力者がいるはずだ。突き止めてやる！」

鶴田は憤怒の形相になり、再びＨＭＤを装着した。

八

ＶＲ空間では、Ｔシャツ姿の加西のアバターが部屋の隅に置かれたオーディオセットの電源を入れていた。

「せっかくだから、音楽でもどうだい？」

ややあって流れてきたのは音楽ではなく、加西周明と鶴田翁助の会話だった。

――ねえねえ、官房長官。もう日本でもとっくに国民監視がはじまってるって本当かい？

加西の質問に、鶴田が身構えた。

――なんだよ、藪《やぶ》から棒に。

――アメリカのＮＳＡばりに、スマホの会話、メールのやりとり、もうありとあらゆるプライベート情報を盗み見てるっていうじゃないの。

――誰がそんなこと。

——その陣頭指揮執《と》ってんのが官房長官、あんたでさ。

鶴田はその会話を鮮明に覚えていた。加西の高級マンションに呼ばれたときのことだった。加西がやけにしつこく尋ねてきたのだった。

「NSAの連中が海底の光ファイバーケーブルに盗聴器仕掛けたのをまねして、通信会社の光ファイバーケーブルに盗聴器、仕掛けてるんでしょ？　やばいよね。全部、非合法活動だもんな」

あのとき鶴田は酔っていた。そのせいもあって、つい本音を漏らした。

「すべては安全保障のためだ。きれいごとだけじゃ国家運営はできん」

「ああ、認めた！」言質《げんち》を取ったかの如く、加西はにやりと笑った。「監視社会なんてまっぴらごめんだ！」

VR空間で、鶴田のアバターが癇癪を起こす。

「くだらん！」

加西のアバターは相変わらずふざけた態度を続ける。

「素敵な音楽じゃなくて、ごめんね～。でも懐かしい会話だろ、官房長官。この会話が表沙汰になったら、結構やばくね？」

亘のアバターが口を開いた。

「世間に知られたらアウト」

「あ、そうか。俺、消されちゃったの、本当の理由はこれか！　知りすぎた男ってことか」

鶴田は加西を「さえずってろ」といなし、庸子のアバターに向き合った。「それよりお前は誰だ？」

「何度言わせるんですか。私は私です」

幽霊ビルの一室で、鶴田が歯嚙みをしながらＨＭＤを外した。そして三門に意見を求めた。

「どうするのがいいでしょう？」

「館を消去すべきかと。所詮はバーチャル」

三門はそう言うと、スマホを取り出してどこかへ連絡した。

「ああ、大至急だ。頼む」

三門が通話を終えたとき、鶴田も自分のスマホで誰かと話していた。

「うん。もしそうならば躊躇なく実行しろ」

特命係の小部屋では、亘が鶴田の行動を読んでいた。

「なんか相談してるな、きっと」

「館をぶち壊す気だろ。やれるもんならやってみろ！」

青木も正確に把握していた。


鶴田がＶＲ空間に戻って啖呵《たんか》を切った。

「この俺をあんまり舐めてると、泣きを見るよ」

「そりゃこっちのセリフだなあ」

軽蔑するように笑う加西のアバターに、鶴田が指を突きつける。

「お前、どっちにしたって警察関係者だろ。さっき小野田公顕に言及したのがその証拠だ。語るに落ちたってとこだな。浮遊霊だから、なんでもお見通しなんて御託はもうたくさんだよ」

「そこまで見抜かれちゃおしまいか……」

そう言うと加西のアバターは一回転した。現れたのは白いタキシードを着た右京のアバターだった。混乱する鶴田の前で、亘の隣にいた右京が一回転すると、スーツ姿の青木に変身した。加西に化けてこの場をリードしていたのが右京で、右京に化けてここまでひと言もしゃべらなかったのは青木だった。

青木のアバターがはじめて口を開いた。

「僕は善良な人間なので、とても加西周明なんて演じられるわけないから、こういうややこしいことになったわけで。ああ、お初にお目にかかります」

「青木年男か」鶴田が問う。

「ハハッ」青木が照れ笑いした。「結構、有名人」

鶴田は庸子の正体を気にした。

「で、お前は強情だな。ずっとそれで通すつもりか？」庸子が黙ったままなので、鶴田はうんざりした顔になる。「よかろう。提案だが、そろそろお開きにしないか、こんな茶番劇」

「望むところですねえ」右京が言った。「さまざまお訊きしたいことがありますので、警視庁まで出頭願えますか？」

「出頭か……。少し考えさせてくれないか？」

「結構。お考えください」

そのとき、幽霊ビルの三階の一室のドアがノックされた。

「入れ」

三門が応えると、〈エンパイヤ・ロー・ガーデン〉の弁護士が入ってきた。

「失礼します。遅くなりました」

VR空間では、右京が鶴田に訊いていた。

「そろそろいかがでしょう？　結論を」

「うん、ならば言おう。出頭など御免蒙《こうむ》るね。君らの馬鹿げた妄想には付き合いきれん」

「さっきの会話を聞いても、まだ妄想と言い張りますか？」

亘が追及しても、鶴田は「あんなものは虚しい」と言い切った。


幽霊ビルの一室で、三門がITに詳しい弁護士に命じた。

「やってくれ」

弁護士はパソコンにUSBメモリを挿し、キーボードを打ちはじめた。

「すべては虚しく、露と消える運命だよ」

鶴田が高笑いした。

VR空間から鶴田と三門のアバターが消失したとたん、加西周明の館が歪み、天井や壁が崩れはじめた。

「なんだ、これ」

亘のアバターの言葉に、青木のアバターが応えた。

「ウイルスでも仕込みやがったな！　データが破壊されてる」

特命係の小部屋では、ＨＭＤを外した青木が、パソコンに飛びついて、慌てて操作した。

「大丈夫。ソフト丸ごとコピーしてあるから、いくらでも館を復元できる。この世界、バックアップが基本よ」

しかし、パソコンからエラー音が鳴り、青木の顔が強張った。

「どうした？」

心配する亘の隣で、青木はパソコンの画面を見て青ざめた。

「フォルダごと消えて、こんなファイルが……」

青木がファイルをクリックすると、画面いっぱいに「あまり舐めていると泣きを見るよ」という文字が現れた。

「どうやらハッキングされたようですねえ」

右京がぽつりと言った。

幽霊ビルの前では捜査一課の三人が鶴田を待ち受けていた。伊丹が呼びかけた。

「鶴田官房長官」

「なんだ、君ら？」

誰何《すいか》する三門に、三人は警察手帳を掲げた。

「お忍びのところ恐縮なんですけど、柾庸子について、ちょっとお話おうかがいしたいんですが」

伊丹が口火を切ると、芹沢が続いた。

「立ち話もなんなんで、ご同行願えたらと」

麗音が果敢に鶴田の前に出た。

「自殺に見せかけて逃がしたことはわかってます」

「こんな掟《おきて》破り、さすがに見逃せませんよ」

責める伊丹を振り切って、鶴田は迎えの車のほうへ向かった。

「妄想に付き合っているほど、私は暇ではない」

「妄想なんかじゃありません」麗音が迫った。「本人の証言です。元柾庸子は今パリにいますね？　別人として」

思わず足を止めた鶴田に、芹沢が言った。

「ネットで話しましたよ。すべて聞きました」

「お知らせしておきますが、鷲見三乗、改めて連行しましたので。なんでも、官房長官の口利きで、ノルウェーの日本大使館に就職する矢先だったようで」

鶴田は伊丹を無視して、車に乗り込んだ。三門も続く。鶴田が運転手に合図すると、車が走り出す。鶴田は三人に一瞥もくれずに去っていった。

麗音が車に向かって毒づいた。

「往生際の悪い男……」


三人は警視庁に戻り、中断していた取り調べを再開した。

「この件に関しては、本人の証言が得られてますんで、言い逃れはできませんよ、栗橋さん」

「鷲見三乗を使って、柾庸子の自殺を偽装した」

伊丹と芹沢が栗橋の口を割らせようとしている間、別の取調室では麗音が鷲見を睨みつけていた。


右京と亘は幽霊ビルの三階の一室にいた。部屋に置かれていたパソコンやファイルサーバーは原形をとどめないほどに破壊されていた。

「復元は不能なようですね。器物損壊で引っ張りますか」

愚痴る亘の横で、右京は額装して壁に掛けられている見取り図のようなものを凝視していた。三階建ての加西周明の館のそれぞれのフロアの平面図のようなものが、三枚の透明フィルムに印刷されていた。

「これ、館にもありましたねえ。ずっと思っていたのですが、あの館はこれほどの広さがあるのでしょうかねえ？」

右京が指摘するように、区画が複雑に分かれているように見えたが、亘はさほど気にしなかった。

「さあ、くまなく調べたわけじゃないから……。でも仮想空間だし、いくらだって広くできるんじゃありません？」

「たしかに中心部は館の実態を反映していますが、その先、こんなふうに四方八方に通路や部屋があったようには思えないんですがねえ……」

「隠し扉でもあったかも。まあ、消滅しちゃった今となっては、確かめようもありませんけどね」

「いや、あるかもしれません」

つぶさに見取り図を検めていた右京の瞳が、きらりと輝いた。

九

官邸の官房長官室を訪れた特命係のふたりを前に、鶴田が訊いた。

「手ぶら？」

「手ぶらです」

亘が答えると、右京が説明した。

「ときの官房長官を逮捕状で連行するのは忍びないものですからねえ。敬意を払って、出頭を勧めに参りました」

「殺人教唆の罪を被ってもらう代わりに、脱獄ばかりか別人の戸籍まで与えるなんて大罪です。明るみに出れば、あなた一発で失脚です」

亘の告発を、鶴田は静かに聞いていた。

「僕はね、いささか感情の起伏が激しいところがあってね」鶴田が突然声を荒らげた。「杉下右京、ぶち殺してやる！　とか。冠城亘め、死ねばいいのに！」なにごともなかったかのように元の口調に戻る。「とかね。わりと日常的に口をついてしまうたちなんだ。まあ、常に戦場にいる気分だからかもしれない。が、悪い癖。反省はしている。僕のそんな乱暴な物言い、近しい人間はみんな知っているよ。栗橋くんなんかにも、気に入らない奴を指して、あいつ消し去りたいねえなんて言うの、しょっちゅうだったよ。言うまでもないが、そんなの本気じゃない。それを本気にするようなら、そっちが悪い。ましてや実行に移すなど言語道断」

鶴田の言い分を右京が要約した。

「つまり、忖度《そんたく》によって殺人がおこなわれたと？」

「これからは口を慎もう。そうだ。藁《わら》人形に五寸釘で気を紛らわせることにする。いちいち本気にして殺す馬鹿がいるようじゃ、危なっかしくて滅多なこと言えないからね」

「殺人教唆の柾庸子を不正に救出したことは申し開きできませんよ」

亘が怒りを静めながら責めても、鶴田はしらを切るばかりだった。

「だから僕はそんなことを命じた覚えは……ああそうか、思い出した。確かに栗橋くんに、魔が差した彼女をなんとか助けてあげたいねって言ったことはある。それにしても、真に受けた栗橋くんもやるねえ。まさか柾庸子が生きていたとは。褒めちゃいかんが、さすが内調のトップだっただけのことはある。仕事のできる男だったからねえ。しかし……どうやって柾庸子を発見した？」

右京が種明かしをする。

「中郷都々子を殺した女が何者かに殺害されたこと。それが柾庸子生存を考えるきっかけでした。具体的には合鍵と冷房です」

「合鍵と冷房？」

「中郷都々子殺しの犯人、のちに判明しましたが、加西周明も殺したプロの殺し屋です」

「女だてらにねえ、恐ろしい」

「おそらく合鍵を所持していました。しかし犯行後、戸締まりをすることなく部屋を後にしたばかりか、なぜかその部屋は冷房で強烈に冷やされていました」

亘が補足した。

「最初は犯行時刻を誤魔化すためと思われたんですが、一方でせっかく合鍵があるのに戸締まりしないなんて、なんかチグハグで」

「ええ」右京がうなずく。「そこで思い当たったのが柾庸子だったんですよ」

「というと？」

興味を示した鶴田に、右京と亘が交互に説明する。

「柾庸子も合鍵を所持していました」

「ふたり、年の離れた姉妹のような関係でしたからね。合鍵持ってても不思議じゃありません」

「殺し屋の女は犯行後、部屋で見つけた合鍵を使ってしっかりと戸締まりをして逃走したんですよ。もちろん、途中で合鍵は捨てたでしょう。部屋の冷房などもかけちゃいません」

「冷房を入れたのは、自分の合鍵でドアを開けて、無残な遺体となった中郷都々子を見つけた柾庸子でした」

「そのとき柾庸子は、すでにこの世に存在しない人間でした。万が一にも生存の痕跡を残すわけにはいかなかった」

「本当ならば遺体を発見したとき、すぐに通報すればよかった」亘が言った。「遺体も適切に処理されますから。でも匿名での通報でさえ、彼女にとってはリスクが大きすぎる」

「外界との不用意な接触は御法度《ごはっと》でした」

「ほんの些細《ささい》なことから露見する恐れがありますから」

「部屋を冷却するというのは、柾庸子にとっての苦肉の策。発見までの間、少しでも遺体が傷むのを遅らせるためでした。そうするのが彼女には精一杯だった」右京が庸子の心情を読んだ。「玄関に鍵をかけずに立ち去ったのも、一刻も早く発見してほしいという気持ちの表れでした」

「馬鹿だねえ……」憐れむようなひと言が鶴田の口から漏れた。「外界との接触が御法度にもかかわらず、余計なまねするから結局こうして露見しちまう」

「一種の虫の知らせではありませんかねえ」

「なに？」鶴田の顔が説明を求めていた。

「日本を離れる前、ひと目会いたくてマンションを訪れたと言っていましたから。むろん部屋を訪ねるつもりなどなく、ただ遠くからひと目だけでもと……。ところがマンションの前で殺し屋の女と出くわし、嫌な予感がして、中郷都々子の部屋を訪ねたんですよ。部屋のベッドで、あたかも自殺したかのように死んでいた中郷都々子を見て、柾庸子はすぐに殺されたとわかったそうです」

「なぜ？」

「理由は明快でした。都々子は自殺するような柔な子じゃない。赤ん坊の頃からずっと一緒だから、間違いなくわかると、庸子本人が言っています。あとは彼女も持っていたホットラインで殺し屋の女を呼び出し、中郷都々子の仇をとった。そして自分のホットラインは回収し、栗橋東一郎とのそれだけを残して、用意していた合鍵や、加西殺しを示すためにこしらえた献立表の冊子など、さまざまな手掛かりを仕込んだわけですよ」

「栗橋への復讐《ふくしゆう》か……」

「大切な中郷都々子を殺されたんですからね」

そう言う亘の脳裏にも、都々子の姿が浮かんでいた。

「浅はかなまねを……。せっかくの新しい人生、棒に振るとはね。それなりに苦労して手に入れたものを」

ソファに深く腰を沈めた鶴田に、右京と亘は交互に説明をはじめた。

「そういった具合で柾庸子がじつは生きているのではないかと思い至ったあとは、もう簡単でした」

「当然、高飛びも視野に入りますからね。仮に名前を偽れたとしても顔はそうそう変えられません。そしたら出国記録から彼女が澤井百合子《さわいゆりこ》になっていることが判明」

「しかも、驚いたことに、単なる偽造パスポートではなく、本物の戸籍に基づいた正式なパスポートでした」

「澤井百合子って何者なんだと調べてみたら、これがまたびっくり。なんと、あの身元不明の殺し屋の本名でした。もはや世捨て人のような殺し屋の女にとって、戸籍などなんの意味もなく、栗橋に求められるままに譲ったのでしょうけど、さすがの柾庸子もそれ聞いて唖然としてましたよ。死んだはずの自分が殺した女に生まれ変わるなんてって」

柾庸子にたどり着いたあらましを聞いて、鶴田は鼻を鳴らした。

「つくづく馬鹿だよね。加西周明殺害の教唆に、殺し屋殺し。ふたり殺したら極刑も視野に入るっていうのにペラペラと」

「そのご心配には及びません」

鶴田には右京の言葉の意味がわからなかった。

「うん？」

「柾庸子も自らの命を懸けるほどの覚悟はありませんよ」

「だからペラペラしゃべりやすいようにしてあげました」

柾庸子を取り調べる階真に、亘は取引を持ち掛けたのだった。鶴田を起訴できるだけの証言と証拠を持ってくる代わりに、庸子には最大限の減刑を実現できる形で起訴してくれ、と。

「野心あふれる青年検事、頼もしい限りです」

右京の言葉に、鶴田がいきり立った。

「いいか？　何度も言わせるな。みんな勝手に俺の気持ちを推し量ってやったことだ。俺に責任はない！　みんなどうしてそんなことするかって？　俺が権力を掌握してるからだよ。生殺与奪の権はこの手にあるんだ！　みんな俺の顔色をうかがう。機嫌がよければホッとして、悪けりゃ脅える。俺はそういう存在だ！　わかったか？　わかったらとっとと消えろ！」

「出頭いただけませんか？」

右京は丁寧に要請したが、鶴田は聞く耳を持たなかった。

「これ以上、俺に盾突いたら……」

「あいつら殺したいなって、誰かにささやきますか？」

亘のひと言は、鶴田の怒りの炎に油を注いだ。

「出ていけ！　今すぐだ！」

「あとひとつだけ」

右京は動じず、左手の人差し指を立てた。鶴田が「シャラップ！」と遮っても、無視して続けた。

「館のオーディオの音声、あれが世間に出たら、国民は怒り心頭だと思いますよ。柾庸子の件と相まって、お立場が相当危うくなるのでは？」

「あれは露と消えた！」

「と思ったんですけどね」と言いながら、亘がスマホを取り出す。

「ありました」

右京のひと言で、鶴田の顔が強張った。

「なに？」

亘がスマホを操作すると、加西と鶴田の会話の声が流れ出した。

――通信会社の光ファイバーケーブルに盗聴器、仕掛けてるんでしょ？　やばいよね。全部、非合法活動だもんな。

――すべては安全保障のためだ。きれいごとだけじゃ国家運営はできん。

――ああ、認めた！

「どうしてそれが……」

鶴田の声は震えていた。右京が説明する。

「あの部屋に館の見取り図があったのですが、実はあれ、見取り図なんかではなく二次元コードでした」

右京が透明フィルムに印刷された見取り図のようなものを取り出した。そして三枚の図を重ねると、そこに二次元コードが現れた。

亘がフィルムを受け取る。

「読み取ったら、しっかり音声データの保存されてるページにたどり着きました」

「なにしろ切り札ですからねえ。バックアップのつもりでしょうが、実にへそ曲がりの加西周明らしい」

「柾庸子の件も含め、この音声データが公表されたら、まあ大騒ぎでしょうね」

「もしも静かで安全な場所をご所望でしたら、ぜひ出頭を」

右京は慇懃《いんぎん》に腰を折り、立ち去ろうとした。その途中で手を打って、振り返る。

「ああ、大事なことを言い忘れていました。手本にしているつもりかもしれませんが、あなたは小野田公顕の足元にも及びませんよ。思い上がるのもほどほどに。あなたが小野田公顕を語るなど、虫唾《むしず》が走る」

特命係の生みの親ともいえる小野田公顕に対する右京の思いは単純なものではなかった。決して信頼し合っていたわけではないが、お互いを認め合っていたことは間違いなかった。少なくとも小野田は、権勢欲の塊のような鶴田とは一線を画していた。右京は鶴田に毒づくと、亘とともに去っていった。

鶴田が官邸を出ようとすると、報道陣が走ってきて、十重二十重に取り囲んだ。

「官房長官、ひと言お願いします！」

「加西周明殺害を命じたのは本当ですか？」

「あの音声データに国民は激怒していますよ！」

差し出される無数のマイクを無視して視線を前に向けると、憎き特命係のふたりの姿があった。

「こんなことで俺は負けないぞ。俺を誰だと思ってる？　鶴田翁助だ！　正真正銘の権力者だ！」

大声で叫んだ自分の声で、鶴田は目覚めた。右京と亘が引き揚げたあと、鶴田は官房長官室でひとりウイスキーを飲んでいた。そのうちソファで眠ってしまい、悪夢に見舞われたようだった。悪夢の残滓《ざんし》を流し去ろうと、空いたグラスにウイスキーを注ぎ直したとき、急にドアが開いて事務方の職員が入ってきた。

「まだいらっしゃいましたか。大変失礼を」

「なんだい？」

精いっぱいの威厳を取り繕った官房長官に、職員は「補充です」と畏《かしこ》まり、金庫を開けて札束の補充をはじめた。

鶴田はそのようすを虚しく見つめていた。

翌朝、右京と亘が特命係の小部屋でそれぞれ好みの飲み物をたしなんでいると、角田が血相を変えて駆け込んできた。

「おい！　鶴田翁助が出頭したぞ！」

「意外と殊勝なとこありますね」

右京は亘とは違う見解を持っていた。

「他に居場所のないことに気づいたのではありませんか？」

数日後、社美彌子は会見場で所信を語っていた。

「このたび、内閣情報官を拝命いたしました社美彌子でございます。重責に身の引き締まる思いです。ご承知のとおり、内閣情報調査室では不祥事が重なり、職員ばかりかトップまでもが逮捕されるという未曽有の事態に見舞われております。そんな中、私にまず課せられた使命は腐敗を追及し、不正をただし、組織を立て直すことだと心得ております」

数時間後、都心の公園の遊歩道を右京と亘、そして甲斐峯秋が歩いていた。

「鑓鞍兵衛《やりくらひょうえ》ですか」

訊き返す亘に、峯秋が言った。

「鶴田翁助の失脚で、閣僚たちから内閣情報官人事を白紙に戻すべきだという声が上がったのをね、鑵鞍先生が説き伏せたらしい。『今こそ女性のトップが求められている。とやかく言う連中がいるが、彼女の愛国心は本物だ。国家のためには体を張る女性だよ』って」

「鑵鞍先生を抱き込んでいましたか」

右京の言葉を、峯秋が認めた。

「ああ、抜け目ないね、彼女は。侮れない存在だ」

「承知しています」と言って顔を上げた右京の横を、長身で白髪の初老の男が通り過ぎた。

「官房長……」

右京が思わず、振り返る。

「えっ?」と亘が訊き返し、峯秋は「どうした、杉下?」と訝《いぶか》しげな目を向けた。

「あっ、いえ。なんでもありません」

右京は答えたが、亘は聞き逃していなかった。

「今、官房長って言いました?」

「君の聞き間違いですよ。僕の見間違いでしょうから」

右京は自分を納得させるように、軽く笑った。

「第二話」

贈る言葉

一

八年前――。

ひとりの女性が自信に満ちた足取りでステージを横切り、マイクの前に立った。

「本日は新作発表会においでいただき、どうもありがとうございます」

女性ははきはきとした声で挨拶すると、唐突に「パッ」と唇を鳴らした。そして、舞台袖に控えるスタッフに、「音響がよくない」とダメ出しした。

「すぐ調整します！」

女性の名は宮森由佳《みやもりゆか》といい、スピーチライターで生計を立てていた。由佳はステージ上で手を振り、照明のスタッフに合図した。

「照明はもっと明るく。これじゃ原稿が読めない」

と、ステージと同時に客席も明るくなった。

「違う！　客席は暗いままでいいのよ。お客さんの顔が見えると緊張するでしょ」

そこへ上手《かみて》から派手な柄のシャツの男が緊張したような足取りで現れた。シャツの上にジャケットを羽織り、チノパンにローカットのスニーカーというファッションの男は、自信なさそうに、由佳に意見を求めた。

「この服、合ってます？」

「ビジネスマンではなくクリエイターですから。服装も遊び心があるぐらいでちょうどいいんです。緊張してます？」

男は鴫野《しぎの》大輔《だいすけ》という名のゲームクリエイターだった。

「まあ、人から注目されるのは初めてなんで……」

「出だし、言ってみましょうか」

由佳に促され、鴫野が口を開いた。

「ゲームクリエイターの鴫野大輔です」

うつむき加減でもそもそしゃべる鴫野に、由佳が助言した。

「目線は二階席に」

鴫野は言われたとおりに顔を上げた。

「本日は新作発表会においでいただき、どうもありがとうございます。今作の『デッドウォーリア』は今までにない……」

途中でつかえて原稿に目を落とす鴫野を、由佳が励ます。

「『展開と結末を』。原稿は見ないように心がけて」

「今までにない展開と結末をすべての皆さまにお約束します。テーマは『未来は予測するものではなく、作り出すもの』」

鳴野がたどたどしい口調で言った。

八年後のある夜、家庭料理〈こてまり〉で、警視庁捜査二課の陣川公平《じんかわこうへい》がしゃもじをマイクに見立ててスピーチを披露していた。酒に呑まれやすい陣川はすでにほろ酔い加減だった。

「えー、結婚生活には、三本の薔薇《ばら》が大事ということでございます。一本目の薔薇はバランスの取れた生活。仕事と家庭の両立が大事ということであります。二本目の薔薇はバラエティに富んだ生活。毎日同じことの繰り返しではなく、ときには食事に行ったり旅行に行ったりしてみてください。そして三本目は——バ、バ、バラバラの生活！」

無理やりスピーチを聞かされていた警視庁特命係の杉下右京と冠城亘は顔を見合わせ、女将《おかみ》の小手鞠こと小出茉梨は失笑を漏らしたが、陣川は気づいていなかった。

「夫婦といえどもそれぞれが自分の時間を持つということが、家庭にきれいな薔薇を咲かせ続ける秘訣であります。ということでありまして、本日はご結婚、誠におめでとうございます！」

スピーチを終えた陣川から「どうでした？」としゃもじを向けられ、右京が言葉を選んだ。

「非常に独創的で印象的ですねえ」

「でしょ？」陣川はご満悦だった。「これね、もう練りに練りましたから」

「さらに練り直すことをお勧めします」

「お祝いの席でバラバラはちょっと……」

亘が小声でコメントを述べると、小手鞠が笑いながら陣川のグラスにビールを注《つ》いだ。

「陣川さんって、張り切ると空回っちゃうタイプなんですね」

「そんな、女将さんまでちょっと……。いや、鴫野にもね、たしかに同じようなこと、言われたんですけど……」

亘が呆れて訊《き》き返す。

「えっ、結婚する本人にも伝えたんですか？」

「そうしたらね、俺の世話になってるスピーチライターを紹介してやるって。必要ないっちゅうの！　だって大事なのはここですよ！　ここ！」陣川が左胸を叩《たた》いた。「カブちゃんだったらわかるでしょ？　わかるはずだ」

「教えていただいたほうがいいと思いますよ」

小手鞠が勧める。

右京も「よければ僕も付き合いますよ」と申し出た。

「うーん……杉さんがそこまで言うなら」

「それにしても、カリスマゲームクリエイターともなると、そうしたブレーンがついているものなんですねえ」

　感心する右京に、陣川が言った。

「うん。なんでも門倉《かどくら》首相の選挙演説、あんなのを書いた人だとか」

「ほう。野党が政権を取ったときの」

「すごいですね！」

　小手鞠にも感心され、陣川が調子に乗る。

「そりゃもう、鳴野は私の自慢の友人ですから。『シギノベイベー！』っつって」

　亘はゲームにとことん疎《うと》かった。

「ところでその鳴野さんって、なんのゲーム作った人なんですか？」

「はあ？」

　今度は陣川のほうが呆れる番だった。

　翌朝、亘は特命係の小部屋で、ゲームをやっていた。覚束《おぼつか》ない手つきでゾンビを倒していると、組織犯罪対策五課長の角田六郎がふらっと入ってきた。

「暇か？　って訊くまでもねえな」角田が亘のパソコンをのぞき込む。「おお、『デッドウォーリア』じゃん」

　亘は手を休めることなく、「課長、知ってるんですか？」と訊いた。

「当然だろ。あんだけ売れたんだから。世界中が知ってるよ」

「これ、面白いですね。プレーヤーの行動を選択するたびに、どんどん展開が変わっていって」

角田がゲームのパッケージを取り上げ、キャッチコピーを読んだ。

「そりゃね、『未来は予測するものではなく、作り出すもの』って銘打ってるぐらいだからね。また延期だって？」

「なにがです？」

「『デッドウォーリア』の4だよ。これで三度目。去年発売する予定だったのが延び延びになって、来年の春だって。息子が予約してるんだけど、『もう、またかよ！』って騒いでたよ」

「延期ってどうして？」

「さあ、作ってる鳴野って奴が変わり者って話だけどね」

その頃、右京と陣川は宮森由佳の事務所にいた。由佳と右京が見守る中、陣川は大股で事務所の中を歩いていた。

と、由佳がストップウォッチを止めた。

「はい、ストップ」

陣川がつんのめるようにして止まった。

「なんなんですか、これ。スピーチのコツを教えてもらいに来たんですけど……」

「これがコツその一です」

「は？」

「今のルートは十メートル。陣川さんは十二秒で往復していました」由佳が披露宴会場の座席表を指差した。「披露宴の席はここ。ということはスタンドマイクまで七・二秒」

「はあ……」

「スピーチはマイクの前に立ってからはじまるのではありません。どんな人がなにを話すのだろうと一番注目されているのは、むしろ席を立ってからの三秒から五秒なんです。その間に聴衆を味方につけ、期待を抱かせる空気感を作らなければなりません」

そばで聞いていた右京が「なるほど」と納得すると、由佳が実演しながら説明した。

「呼ばれると焦って出ていってしまうものですが、ゆっくりと、周囲のテーブルに会釈しながら、最後は新郎新婦に一礼して、とこんな感じでしょうか」

右京が拍手で敬意を表した。

「そこまでして作られるものなんですねえ。実に興味深い」

「原稿を書くのだけが仕事かと」

陣川は不明を恥じたが、由佳は気にしなかった。

「ええ。よく言われます。相手にどういう印象を与え、どのように心を動かすのか。そのための脚本、演出、演技を考えるのが私の仕事です」

「そんなに？　もっと脚光を浴びてもいいんじゃないですか？」

「いえ、目立たず控えめに。影として働くのがスピーチライターの基本ですから」

「よろしければ、なにか原稿を見せていただけませんか？」

興味津々の右京が頼むと、由佳は「もう終えたものなら」と、タブレットに原稿を表示して渡した。

「これは？」

「先日、鳴野さんが『デッドウォーリア4』への意気込みを語ったときのものです」

右京が原稿に目を通している間に、由佳は陣川に向き合った。

「ところで陣川さん。いただいていたスピーチ原稿なんですが、もう一度考え直してみてくださいますか？」

「考え直すって……。宮森さんがカッコいいスピーチ、考えてくれるんじゃないんですか？」

「私はなにもないところから言葉を作っているんじゃありません。その人の胸の芯にあるものを言葉にしているだけなんです。ですから、まずはあなたの思いを私に教えてくださらないと」

「僕の思いをあなたに……。そんな、照れちゃうな」

突然もじもじだした陣川を、右京がたしなめる。

「陣川くん、君、なにか勘違いしてますよ」

そのとき、陣川のスマホの着信音が鳴った。

「あっ、失礼。んっ、誰だ、これ？」

陣川が不審そうに電話に出る。

――ああ公平？　俺。

「おお鳴野か。どうした？　えっ、殺人容疑⁉」

右京がタブレットから顔を上げた。

二

ゲーム会社〈チネルコーポレーション〉のクリエイターズスペースの一番奥の席で、鳴野はポテトチップを箸でつまんで食べながら、パソコンを打っていた。デスクの上はさまざまな資料の他、ポテトチップの空き箱やイヤフォンなどが所狭しと散らかり、カオスの状態だった。

「あのですね、人が殺されてるんですよ」

捜査一課の刑事、伊丹憲一が呆れた顔で言い聞かせたが、鳴野は我関せずという態度を取り続けた。

「かわいそうだとは思うけど、俺なんも知らないし」

〈チネルコーポレーション〉の社長、江口稔《えぐちみのる》が困った顔で口を挟んだ。

「おい鳴野……」

伊丹の同僚の芹沢慶二が説明する。

「昨夜、被害者が最後に連絡したのは、鳴野さん、あなたのスマホなんです」

「でも俺、スマホ持ってないから」

「持ってない？」

疑いの目を向ける伊丹に、鳴野が言った。

「うん。昨日どっかでなくしちゃって。夕方にはなかった。だから連絡来たのも知らないし」

「じゃあ、スマホも持たずに、昨夜はどちらに？」

「うーん。それが考えごとしながらほっつき歩いてて、どこ歩いてたか覚えてないんだよね」

鳴野が埒《らち》の明かない供述をしているところへ陣川がやってきた。

「鳴野！　なにがあった？」

「あ、やっと来た。遅いよ」

陣川の後ろに右京と亘がいることに気づいて、伊丹の口から皮肉が漏れた。

「こりゃまた、皆さんおそろいで」

「厄介なのがひとり増えてるし」

伊丹と芹沢の後輩の出雲麗音は芹沢の言う「厄介なの」とは初対面だった。

「どなたなんですか？」

「元特命係。第三の男」

「えっ⁉」

右京がさりげなく補足した。

「と言うほど、うちにはいませんでしたがね」

「しつこく絡まれて困ってるんだ。なんとかしてくんない？」

鳴野に頼まれ、陣川が捜査一課の三人に訊いた。

「殺人の疑いって、どういうことなんですか？」

「なにがあったんですか？」亘も重ねて訊く。

「はあ」芹沢が溜息をついてから説明した。「今朝、〈チネルコーポレーション〉元社員の相島潤平《あいじまじゅんぺい》さんという男性が他殺体で見つかったの。最後に送ったメールは鳴野さん宛て。脅迫文とも取れる内容で、その直後、相島さんの携帯に電話が入ってる。番号はこの会社」

「メールの本文は『お前を絶対許さない。すべてを公にして謝罪しろ』。それを見て、あなたが電話したんですよね？」

麗音から攻め込まれても、鳴野はパソコンの画面から目を上げもしなかった。

「だから知らないって」

「ちょっと待ってください。『絶対許さない』って、鳴野がいったいなにしたっていうんですか？」

伊丹は無視したが、鳴野への次の一手が奇《く》しくも陣川の質問に答えることになった。

「あなた、相島さんを自分のチームから追い出し、この会社を三カ月前に辞めさせましたよね？」

鳴野は無反応だったが、江口が否定した。

「いやいや、鳴野にそんな権限はありません。たしかにクリエイティブチームからは外しましたが、会社を辞めたのは相島自身の決断です」

「そこまで追い詰めたってことでしょ？」芹沢が言った。「他の社員さんから聞きましたよ。相島さんが『デッドウォーリア4』のグラフィックデザインを何度出し直しても『はい次』『はいダメ』って、全然オーケー出さなかったそうじゃないですか」

「いいもん出すのが彼の仕事でしょ？」

「どこをどう直せって指示もせず、やり直しばかり。そりゃ辞めますし、恨みますよ」

麗音の言葉に、鳴野は突然激高し、立ち上がった。

「俺が向き合ってるのは彼じゃない。この作品なんだよ！　世界中のファンが期待して待っててくれてんのに、妥協できる？　できないでしょ？」

右京が間に入って、捜査一課の刑事たちに意見した。

「どちらにせよ、本人が知らないと言っている以上、なにかしらの証拠を見つけなければただの言いがかりですよ」

伊丹が腹立たしさを抑え込み、鳴野に一礼した。

「ではまた進展がありましたらご連絡いたします。名刺いただいても？」

「はいよ」鳴野が名刺を手渡す。

「はい、どうも」

伊丹を先頭に三人が引き揚げると、鳴野がほっとした顔になった。

「はあ、やっと行った」

亘が右京に耳打ちした。

「伊丹さんたち、意地でも証拠探すでしょうね」

「ええ」右京も同じ意見だった。「鳴野さん、本当になにもご存じないのですか？」

「あれ？　公平の仲間だよね。俺のこと、疑ってんの？」

「事件を解決したいだけですよ」

「心配すんな。もうちゃちゃっと俺が犯人捕まえてやるから。任せとけって」

陣川が友人を慰める間、右京は鳴野のデスクのそばに置かれたハンガーラックを眺めていた。そこには履きつぶされたスニーカーが何足も掛けられていた。それはさながらそびえ立つスニーカーのタワーのように見えた。

右京たちは社長室に場を移し、江口から話を聞いた。壁に大型の液晶ディスプレイが掛かっており、新作について語る鳴野の姿が映し出されていた。音声は消してあったが、その表情や態度には自信がみなぎっていた。

画面を一瞥《いちべつ》し、江口が言った。

「鳴野は大丈夫なんですよね？ これ以上の作業の遅れは許されません。株価にも影響が……」

「たしか発売延期を繰り返してるって」

亘の言葉に、江口がうなずいた。

「もう三度も。さすがに次はありません。鳴野にはなんとしても『デッドウォーリア4』を完成してもらわないと……」

右京が質問した。

「作業が遅れているのは、妥協を許さない鳴野さんのこだわりが原因ですか？」

「……それに尽きます」

「これまでの作品も何度か発売延期に？」

亘が訊くと、江口は否定した。

「いえ。今回が初めてで……」

「ほう。初めて？」右京が興味を示した。

「今まで以上に気合が入ってまして」

陣川はディスプレイに映る友人を眺めていた。

「いやあ、いつの間にかすごい人になっちゃったんだなあ。僕の知ってる鳴野はいわゆるオタクっていうか、ひとりでずっとゲームやってるような奴だったのに」

「時間を忘れて集中し、今までにないアイデアをひねり出す。それが鳴野の才能です。じっとしてると閃《ひらめ》かないと言ってよく外に出るんですが、六時間も七時間もずっと歩き、考えてるんです。あっという間に靴底がすり減って、よく買い替えてますよ」

江口が笑った。右京は腑《ふ》に落ちたようだった。

「ああ、それで……」

「あとはもう少しコミュニケーションがうまければ、と思うのですが」

右京がディスプレイの中の鳴野を示す。

「それで人前に立つときはスピーチライターのお世話に？」

「ええ。今の成功があるのは宮森さんのおかげです」

江口は認め、相島の履歴書をパソコンに表示した。陣川は相島の志望動機に着目した。

「相島さんは鳴野に憧れてたんですね」

「ここに来る連中はみんなそうです。特に相島は人一倍、憧れが強かったかもしれません。だからたとえ短い間でも鳴野と一緒に働けたことを喜んでて。自慢だとまで言っていました」

「それが退社から三カ月で、突然、脅迫するほど恨むようになってしまったと」

亘の言葉に、右京は「不思議ですねえ」と応じた。

鳴野の婚約者の中村亜里沙《なかむらありさ》は小さな雑貨店を営んでいた。クローズの札が掛かった店内で、呼び出された宮森由佳が鳴野に言った。

「話は聞いています。こういうときは余計なことを言わないのが最上の策ですから」

「大丈夫。俺、なにもしてないし……」

亜里沙は不安を隠せないようすだった。

「どうしてこんなことになるの？」

「ごめん……」

「ほんと、大丈夫、だよね？」

「もちろん。そんなことより招待客のリストを整理しなきゃね」

　鳴野が亜里沙を励ました。

　麗音は右京と亘、そして陣川を、相島の殺害現場へ案内した。そこは雑居ビルの間の狭い路地だった。

「本当にいいの？」亘が麗音を気遣う。「怖い先輩方に怒られるよ」

「いいんです、いいんです。もう事件の解明が一番ですから。それに興味湧いちゃって。特命係第三の男に」

「興味⁉ それって……」

　惚れっぽい性質《たち》の陣川の機先を、右京が制した。

「いや、そういう意味じゃないと思いますよ」

「相島の死亡時刻は昨夜十時から十二時の間。鉄パイプで頭を殴打されたことが致命傷。頭頂部を真上から直撃でした」麗音が説明しながら、スマホで写真を表示した。「あっ、あと、遺体のそばにイヤフォンが片方落ちてました」

「イヤフォン？」亘が訊き返す。

「ワイヤレスの。誰のものか、鑑識で調べてるところです」

　右京が〈チネルコーポレーション〉で見た光景を思い出す。

「鴫野さんのデスクにイヤフォンがたくさん置いてありましたねえ」

「いやいやいや、まさかあいつがここに落としたって言うんじゃないですよね？　あいつ、昔からあちこちに忘れ物するんですよ。没頭しちゃうと周りが見えなくなっちゃうタイプなんで。困ったもんです、本当に」

陣川のフォローは右京や亘を納得させるには至らなかった。

右京と亘と陣川は、続いて相島のアパートを訪ねた。狭い部屋の中は『デッドウォーリア』に関するガイドブックをはじめ、キャラクターのフィギュアやポスターなど関連グッズで埋め尽くされていた。

「うわあ！　すごいコレクション」

陣川が声を上げるのももっともだった。亘はゴミ箱の中に不採用通知を見つけた。

「憧れや尊敬が憎しみに変わることはよくあるけど、相島の場合は、再就職がうまくいかなかったことで逆恨みでもしたんですかね」

「だとしても、なにを公にするつもりだったのでしょうねえ」右京が疑問を呈した。「例のチームを外された話、たしかに行き過ぎた点はあるかもしれませんが、クリエイターというのはそういうものだという妙な納得感もありました。公にしたところで、さほどダメージを与えられるとも思えませんがねえ」

「じゃあ、メールにあった『すべてを公にして』っていうのは……」

「ええ。なにか別のことだと思いますよ」

そのとき陣川は、読みさしの本にしおり代わりに挟んである一枚の名刺を見つけた。

「あれ？　杉下さん、これ」

「おや」

それは宮森由佳の名刺だった。


翌日、特命係のふたりと陣川は、宮森由佳の事務所を訪れた。

相島が由佳の名刺を持っていたことを告げ、右京が由佳に水を向けた。

「相島さんは再就職がうまくいかず、あなたに相談をされていたようですねえ」

「ええ。面接だと緊張してうまく話せなかったみたいで。会社を辞めたのには鳴野さんも関わっていたようですし、気になって引き受けたんです」

「相島さんはあなたに、鳴野への不満や恨みなどを漏らしたりはしませんでしたか？」

陣川が質問すると、由佳は否定した。

「いえ、そんなことは一度も。鳴野さんのことは尊敬されてました」

「では、なにか訊かれたことは？」と右京。

「訊かれる？」

「鳴野さんのことでなにか」

右京の質問の意図が由佳にはわからないようだった。

「どういうことですか？」

「相島さんは鳴野さんを脅迫していました。急に恨みを抱くようになったのは、もしかするとなにか思いがけない情報を知ったからなのではないかと」

「思いがけない情報というのは？」

「脅迫に至るようななにかです。誰にだって人に知られたくないことのひとつやふたつ、あるでしょ」

亘の説明を聞いても、由佳に心当たりはないようだった。

「鳴野さんの個人的なことはなにも知りません。仕事の話しかしませんので」

「仕事にこそあるんじゃないですか？　世間には隠しておきたいようなことが」

そうほのめかす亘に、由佳はあけすけに訊き返した。

「鳴野さんが仕事でなにか不正行為でもしているのではないか、そうおっしゃりたいんですか？」

陣川が割って入る。

「ちょっとなにを言い出すんですか！　鳴野はそんなことするような奴じゃありませんよ！」

「ですが、陣川くん。君の知らない一面だってあるかもしれませんよ」

右京は陣川の意見を鵜呑みにしていなかった。

鳴野がデスクの脇に立つ履きつぶしたスニーカーのタワーをぼーっと眺めていると、捜査一課の三人が現れた。

「また来たの？」

「お約束どおり、捜査に進展がありましたのでお伝えに参りました」

伊丹の言葉を、芹沢が受けた。

「証拠が出たんです」

「署までご同行を」

麗音の有無を言わせぬ口調に、鳴野は戸惑った。

「えっ？」

周囲の社員たちがざわつく中、鳴野は連行された。

警視庁の一室で、テーブルを挟んで鳴野の前に座った伊丹が名刺を示した。

「あなたにいただいた名刺から指紋を採取しましてね。殺害現場に落ちていたイヤフォンの指紋と完全に一致しました」

芹沢が証拠品のイヤフォンをテーブルの上に置く。

「これ、あなたのですよね？」

「殺害現場に落ちてた？　そんなとこ、行ってないけど」

「でも、ここに証拠があります」

麗音が言うと、芹沢が迫った。

「素直に認めたらどうですか？」

急にドアが開いて、陣川が駆け込んできた。後ろには右京と亘の姿もあった。

「あ、ちょっと……」

止めようとする麗音に、陣川が言った。

「すみません。話をさせてもらえませんか？」

「取り調べ中ですので、出ていってください！」

正論を述べる麗音に、陣川が頭を下げた。

「一瞬でいいんです。お願いします！」

「我々からもお願いします」

右京が言い添えると、伊丹が席を立った。

「一瞬ですよ」

陣川が鳴野の前に座った。

「おい鳴野、大丈夫か？」

「全然」

「訊きたいことがある」

「うん」

「お前、俺にまだ言ってないこと、ないか？」

「ん？」

「隠しごとがあるなら言ってくれ」

「それ、どういう意味です？」

訊き咎《とが》める伊丹に、亘が答えた。

「相島さんが脅迫したのはクリエイティブチームから外されたからじゃなくて、別の理由があるんじゃないかと」

「そのことにお前、なにか心当たりあるんじゃないか？」

再び陣川が訊いたが、鳴野は「ないよ」と即答した。

右京が左手の人差し指を立てた。

「ひとつよろしいですか？『デッドウォーリア4』の作業が遅れているのは、なぜなのでしょう？」

「言ったでしょ。妥協したくないから」

「本当にそれだけが理由でしょうか？」

「他になにが」鳴野が逆に訊いた。

「妙に気になりましてね。なぜ4だけが何度も発売延期になるのか。なぜ相島さんが急にあなたに恨みを抱くようになったのか。このふたつにはなにかしら関係があるのではないかと」

「……俺が犯人だって疑ってるんだ」

「鳴野」陣川が友人に呼びかけた。

「でも俺はやってない」

「わかってる。俺はお前を信じる。だからお前も俺を信じろ。絶対に助ける」

「……変わらないな」鳴野の顔がわずかに緩んだ。「俺はなにも隠してない」

「うん」陣川がうなずいた。


三人は特命係の小部屋に戻った。

「俺はあいつの言ったことを信じます」陣川が断言する。「男の友情は永遠でしょ。逆にこういうときに信じないで、いつ信じるんですか」

右京が淹《い》れたての紅茶に口をつけた。

「まあそれが君のいいところではありますがね」

「ああ、もういいです」陣川が立ち上がる。「おふたりにはなにを言っても通じませんね。鳴野の身の潔白は俺が証明します！」

部屋を出ていく陣川を見やって、亘が言った。

「いいんですか？　放っておいて」

「僕は他に行きたいところがあります。心配なら君がどうぞ」

亘は肩をすくめて、陣川を追った。

右京が行きたかったのは、鳴野の婚約者の亜里沙が経営している雑貨店だった。鳴野と亜里沙が仲睦まじく写った写真に顔を近づけ、右京が訊いた。

「いいお写真ですねえ。これはいつ頃の？」

「半年前です。一緒に旅行に行ったときに」

「そうですか。結婚式は予定どおりに？」

口をつぐんだ亜里沙の気持ちを右京が推し量る。

「ああ、わかります。このような状況では悩ましいでしょうねえ」

「本当に彼がやったんですか？」

「状況から言えば、非常に疑わしいと言わざるを得ません。ですが鳴野さんは、やっていないの一点張り。このままでは実際には違っていても、本当に犯人にされかねません。

鳴野さんがなにを隠しているのか、心当たりはありませんか？」

不安そうな亜里沙に、右京が続けた。

「いえ、度重なる『デッドウォーリア4』の発売延期は、鳴野さんが隠していることに関係しているのではないかと思いましてね」

亜里沙の顔に小さく動揺が走ったのを、右京は見逃さなかった。

「やはりそうなんですね」

「彼は」亜里沙がようやく口を開いた。「独立しようとしてたんです。私の仕事を見て、『全部自分ひとりでやれるっていいな』と言ってました。自由になりたかったんだと思います。彼はそのことを社長の江口さんに話したらしいんです。『デッドウォーリア』の人で終わりたくないと訴えたら、『他のゲームもどんどん作ってくれていい。むしろ大いにやってくれ』と言われたそうです。彼にそんな余裕があるはずはありません。そう伝えても、ともかく『デッドウォーリア4』を完成させるのが先だと……」

「なるほど」右京は納得した。「独立の条件は『デッドウォーリア4』を完成させること。しかし、鳴野さんの気持ちはもう『デッドウォーリア』から離れてしまっていた」

「そのことは一緒に働くスタッフや楽しみに待ってくれているファンには知られたくなかったようです……」

「そういうことでしたか」

右京が腑に落ちたようにうなずいた。

亘は陣川と一緒に、鳴野が勤める〈チネルコーポレーション〉を訪ねていた。

「なにをしようっていうんです？」

「鳴野のアリバイ、立証します」

「考えごとしてて、どこ歩いたのかも覚えてないんじゃ無理ですよ」

「スマホをなくしたのが事実だとわかれば……。スマホは夕方には見当たらなかったと言ってるんです。あの日、鳴野は夕方まで会社を一歩も出ていません。手掛かりは絶対にここにあります。社員全員に、手当たり次第聞きましょう」

「信じてるんですか？　あんな都合のいい話」

「信じてます！」

亘は半信半疑だったが、陣川の瞳には一点の曇りもなかった。

そして、さっそく近くにいた社員に体当たりしていった。

「お仕事中すみません。ちょっとお訊きしたいことがあるんですけどいいですか？」

翌日、右京はまたも宮森由佳を訪ねた。

「独立ですか？」

右京の話を聞いて、由佳が訊き返した。

「ええ。あなたはご存じだったのではないかと。〈チネルコーポレーション〉を辞めた相島さんにとって鳴野さんの情報を得られる接点はここしかありませんからねえ」

右京が推理を語ると、由佳が打ち明けた。

「実際に聞いたわけではなく、最近の鳴野さんの言動から察していただけです」

「そのことを相島さんに？」

「クライアントの秘密を他に漏らすわけがありません」

「ちなみに、原稿を書く前にメモなどを取ったりしますか？」

「もちろんです。クライアントのすべてを知らないと原稿は書けませんから。近況や今後の目標、現状の分析など、メモに残しています」

由佳がパソコン画面を右京に見せた。きちんと整理されたメモが表示されていた。

「なるほど。おそらく相島さんはこれを見たのでしょう。鳴野さんを崇拝している彼にとって、このメモは宝の山です。あなたが席を外している間にがまんできずにのぞいてしまった。そして、独立の件を知った相島さんは、なぜ『デッドウォーリア４』が発売延期を繰り返しているのか、その理由に気づいたんです。鳴野さんのこだわりなどではなく、実際は情熱を失っていたからなのだと。それは相島さんにとって、許しがたい裏切り行為に感じられたのでしょう。だから脅迫メールを送った」

「では、やっぱり犯人は鳴野さんなんですか？」

結論を急ぐ由佳を、右京がはぐらかした。

「さあ、それはどうでしょうねえ」

警視庁に、江口と〈チネルコーポレーション〉の顧問弁護士の高井戸《たかいど》が押しかけていた。会議室でふたりの対応に当たったのは、捜査一課の三人だった。

「鳴野大輔は任意の同行ですよね。警察はこういうことをするから困る。すぐに解放してください」

高井戸が高圧的な態度で迫ったが、伊丹は顔色ひとつ変えなかった。

「重要参考人です。今はまだできません」

「彼の社会的立場を考えていただきたい。マスコミにでも嗅ぎつけられたら、大騒ぎになります」

芹沢が拘束の理由を語る。

「殺害現場に落ちていた遺留品から、鳴野さんの指紋が出てるんです」

「鳴野はスマホですらなくすような奴です。イヤフォンなんて頻繁になくしてますよ」

江口の言葉を受けて、高井戸が勢いづく。

「つまり事件当夜、鳴野さん本人がそこに落としたものだとは立証できない、ということです。できますか？　一週間前に落としたものかもしれないし、別の人物が鳴野さんに罪をなすりつけるためにデスクから盗んで殺害現場に置いたのかもしれない。その可能性は否定できませんよね」

「そりゃまあ……」

伊丹が口を濁すと、高井戸が要求した。

「不当な拘束です。今すぐ解放を」

右京が捜査一課を訪れたとき、三人は浮かない顔をしていた。鳴野はもういないと聞かされ、右京が訊き返した。

「おや、帰った？」

「ええ。ひと足違いでしたね」

芹沢の言葉を、麗音が補足した。

「偉そうな弁護士の先生まで来たんです」

「そうですか。鳴野さんにうかがいたいことがあったのですが、出直します」

帰ろうとする右京を伊丹が呼び止めた。

「まさか特命係じゃないでしょうね？」

「はい？」

「イヤフォンのことです」

「……イヤフォン？」

右京は伊丹の言いたいことがわからなかった。

特命係の小部屋に戻った右京が紅茶を淹れていると、スマホの着信音が鳴った。陣川からの電話だった。

――杉下さん、つかみましたよ！　鳴野はやってません！

陣川の説明によると、あの日、〈チネルコーポレーション〉のトイレに置き忘れられた鳴野のスマホを清掃員が見つけたらしい。清掃員は、持ち主を知っているという人物にスマホを預けたという。

そこまで聞いて、右京はスマホを回収した人物が誰かわかった。

「江口社長ですね」

――えっ、なんでわかったんですか？

「陣川くん、鳴野さんはもう会社に戻りましたか？」

――戻る？　えっ、なんで？

混乱する陣川に、右京が命じた。

「行方を捜してください」

三

鳴野は江口によって郊外にある会社所有の別荘に連れてこられていた。

「いつマスコミが嗅ぎつけて騒ぎになるかわからない。容疑が晴れるまでしばらくここでじっとしてろ」江口が部屋に置かれたパソコンを示した。「機材はそろってる。仕事に集中しろ」

「わかったよ」

鳴野は心ここにあらずの状態だった。すべて面倒くさくなって、逃げ出したかった。

「で、どうなんだ?」

「ん?」

「相島を殺した犯人、見たんだろ?」

「見てないよ。なんで?」

「現場にお前のイヤフォンが落ちてたって」

「不思議だねえ」

「本当に犯人を知らない?」

江口はいつの間にか鳴野の背後に回り込んでいた。

「うん」

「取引のつもりか？」

「えっ？」

意味がわからず鳴野が訊き返そうとしたとき、いきなり首にロープが巻きつけられ、強い力で絞め上げられた。鳴野は足をバタバタさせて懸命にもがいたが、首を絞める力は一向に弱まらず、次第に意識が遠くなっていった。もうだめかと思ったそのとき、ドアの開く音が聞こえ、聞き覚えのある声が耳に飛び込んできた。

「おい、鳴野！」

陣川公平の声だと気づいた次の瞬間、喉《のど》の圧迫がなくなった。咳《せ》き込みながら振り返ると、陣川と右京と亘が、江口と争っていた。三人が相手では江口に勝ち目はなく、まもなく亘に組み伏せられた。

陣川が鳴野に駆け寄った。

「おい鳴野、大丈夫か？」

鳴野はまだ声が出せず、荒い息を吐くばかりだった。

「どうして？」江口は呆然としていた。

右京が種明かしをする。

「鳴野さんが解放されてから、家にも会社にも戻っていないことが引っかかりましてね。もしかしたら、と亜里沙さんから行き先の心当たりをうかがいました」

「ここはお前がよく缶詰めになってる別荘なんだろ？」

陣川が訊いたが、鳴野はまだ混乱していた。

「えっ、どういうこと？」

「江口さん。相島さんを殺害したのはあなたですね？」

右京の告発を受け、亘が言った。

「あの夜、鳴野さんのなくしたスマホを見つけた清掃員からそれを預かったのがあなたでした」

江口の脳裏にあの日の悪夢のような光景が蘇《よみがえ》った。

預かったスマホを鳴野に返そうと廊下を歩いている途中で、着信音が鳴った。ふとディスプレイに目を落とすと、相島からメッセージが届いていた。

──お前を絶対許さない。すべてを公にして謝罪しろ。

すぐに独立のことだとわかったので、相島に連絡して会いにいったのだった。

相島は自暴自棄になっていた、

「今は大事な時期だ。このことは……」

江口が説得しようとしても、相島は聞く耳を持たなかった。

「大事な時期、大事な時期って、もう『デッドウォーリア』なんて作る気がないんだろ、鳴野さんは」

「ちょっと待ってくれ……」

落ち着かせようとしたが、相島は逆上していた。

「何度、発売延期で誤魔化《ごまか》せば気が済むんだ！　これって今か今かと待ち続けてるファンに対しての裏切りだよ！　いいから、鳴野大輔をここに連れてこいよ！　今すぐ！　謝罪してもらう。じゃなきゃ、すべてを公表してやってもいいんだ！」

相島がSNSになにか書き込もうとするのを見て、江口はスマホを取り上げようとした。そのうち揉《も》み合いとなり、気がつくと江口は近くに落ちていた鉄パイプを相島の頭に振り下ろしていた。

江口がふと我に返ると、右京が語っていた。

「ですが、犯人として疑われたのは鳴野さんでした。現場に鳴野さんのイヤフォンが落ちていたことを知ったあなたは、犯行を目撃されていたのではないかと怖くなったんですね」

「だから急いで解放させた。鳴野の口を封じるために」

陣川はそう言うと、江口の体を探った。上着の内ポケットから、偽装された鳴野の遺書が出てきた。

江口は悔しさのあまり雄叫《おたけ》びを上げると、すべて諦めたように自白した。

「……見てたはずの鳴野が、なぜ警察に話さないのか不気味で……。相島殺しを黙っていることと引き替えに、独立させろと迫ってくるんじゃないかって……」

「俺はなにも見てない」鳴野は否定した。

「じゃあ、あのイヤフォンは？」

戸惑う江口に、右京が問いかける。

「そのイヤフォンのことですが、いったい誰から聞いたのですか？」

「警察は捜査情報を当事者以外には伝えません。遺留品としか言ってないはずです」

亘の説明を聞いて、江口はスマホを取り出した。

「メールが届いたんです」

メールの内容はこうだった。

――殺害現場には鳴野大輔のイヤフォンが落ちていた。お前の犯行はすべて見られている。

四

翌朝、事務所でネットニュースを検索していた宮森由佳のもとを右京と亘と陣川が訪れた。

「どうされました？」

怪訝《けげん》そうな由佳に、亘が答えた。

「気になってるかと思いまして。自分の計画したとおり、事が運んでいるか」

「なんのことですか？」

右京がいきなり謝罪を口にした。

「ひとつあなたに謝らなければならないことがあります」

「なんでしょう？」

「先日僕は、相島さんはあなたのパソコンを盗み見たのではないかと推測しましたが、あれは間違いでした」

「よかったです。私の信用問題に関わるところでした」

「実際は、あなた自ら、独立のことを話したのですから」

「はい？」

「意図的に相島さんを焚《た》きつけたんですよ。言葉で人の心を動かすのがスピーチライターの仕事。鳴野さんを崇拝する相島さんを恨みに駆り立てることなど、造作もないことだったでしょう」

右京が推理を語ったが、由佳は否定した。

「スピーチは催眠術じゃありません。そんなこと、できるわけないでしょ」

「いえいえ、それどころか、スピーチの力で国民を戦争に向かわせることだってできますよ。歴史が証明しているように」

「だとしてもなぜ私がそんなことをする必要が？」

挑むような眼差しの由佳に向き合ったのは亘だった。

「鳴野さんが独立を言い出したのは、亜里沙さんと出会ってからです。縛られることなく自由に働く姿に刺激を受けたと言っていたそうです。それ以来、鳴野さんはあなたのスピーチ原稿を素直に読んでいませんよね」

亘がスマホを操作し、新作への意気込みを語る鳴野のスピーチを流した。

——未来は予測するものではなく、作り出すもの。このテーマの通り、今作は今までよりももっと自由に楽しめるような作品になります。

原稿とスピーチの違いに気づいたのは右京だった。

「初めてここを訪ねたとき、鳴野さんのスピーチの原稿を見せていただきました。それで原稿と実際のスピーチが違うことに気づいたんです。アドリブが増えて、あるワードが頻繁に出てくるようになっています」

「もっと自由に」

亘がそのワードを口にし、再び、鳴野のスピーチを再生した。

——次回作『デッドウォーリア4』はゲーム世界とリアルが繫《つな》がる、予測を超えたもっと自由な作品になります。

険しい顔になった由佳を、陣川が攻める。

「鳴野は自分を縛っている会社だけではなく、あなたからも独立したがっていたんだ。だからあなたは相島を利用して、離れていこうとする鳴野を貶《おとし》めようとした」

「おそらくあの夜、脅迫メールを送らせるところまであなたが相島を焚きつけた」

亘の推理を、右京が受けた。

「ところが、来たのは江口社長でした。ようすを見ていたあなたはその状況を逆に利用し、手元にあった鳴野さんのイヤフォンを持ち出して、現場に捨てた……」

「臆測で話を進めないでください」

顔を背けた由佳に、亘が書類を突きつけた。

「このビルの管理事務所に確認したら、二週間前、イヤフォンの落とし物があったという記録がありました。現場にあったものと同型です。受領印代わりにあなたのサインがある」

「ええ。受け取って鳴野さんにお渡ししました」

「いや、鳴野は受け取った記憶はないと言ってますよ」

陣川の言い分は、由佳に粉砕された。

「政治家の答弁みたいですね。私は記憶にありますよ」

「あり得ません」右京が即座に否定した。

「どうしてです?」

「江口社長に、イヤフォンが落ちていたとメールを送ったのはあなただからですよ。送信者はすでに特定済みです」

亘が補足する。

「警察以外にイヤフォンのことを知っているのは、それを置いた人物しかいません」

右京が由佳の行動を読んだ。

「あなたは僕が鳴野さんの独立のことを知り、真相に近づいていると感じて、江口社長にメールを送った。不安を煽《あお》って鳴野さんを殺すように仕向けたんですよ。犯人と目されていた鳴野さんを自殺に見せかけて殺すことができれば、事件の幕引きを図れますからねえ」

「なにか反論は?」と亘。

由佳は負け惜しみを言うのが精いっぱいだった。

「こういう場合は、多少相手に弁解の余地を残しておくことが素直な自供を引き出すコツですよ」

「なるほど。参考になります」

真面目くさって応じる右京の横で、陣川が疑問をぶつけた。

「でも、なんでそこまでして鳴野を？」

由佳は溜息をつくと、「面白くなかったからよ」と初めて声に感情をにじませた。そして、滔々《とうとう》と語りはじめた。

「初めて会ったとき、鳴野さんは自分の思いすらまともに言葉にできないような人でした。それを私が、話す内容も話し方も表情も服装も……すべてにおいて教えてきたんです。亜里沙さんに出会うまでは。彼女に出会ってから、鳴野さんは変わりました。私より亜里沙さんの意見を聞くようになった。勝手に独立まで考えるようになって……。許せなかった。この私を蔑《ないがし》ろにするなんて！　だって鳴野大輔を作ったのは私なんです！　世界中に熱狂的なファンを持つカリスマゲームクリエイターを、私が作り上げたの！　私が、この私が！」

感情が高ぶったのか、いつしか声量が大きくなり、声は抑制が利かず震えていた。

「なのに、彼は自分ひとりで成功したと勘違いしてる。もっと自由に？　ひとりで？　馬鹿じゃないの。私がいなきゃ、なんにもできないくせに！」

右京がおざなりな拍手を送る。

「その辺りにしましょうか。プロにしては、聴くに値しないスピーチでしたがね。鳴野大輔という才能、それなくして、スピーチライターという影は存在し得ない。自分ひとりで作り上げたなど、思い上がりも甚だしい。残念な方ですねえ、あなたは」

右京に真っ向から否定された由佳は、その場に立ちつくすことしかできなかった。そんなスピーチライターを亘が促した。

「行きましょう」


翌日、〈チネルコーポレーション〉の屋上に、鳴野と陣川、それに特命係のふたりの姿があった。

「事件は解決したけど、〈チネルコーポレーション〉も『デッドウォーリア』も大変なことになっちゃったな。ごめん」

頭を下げる陣川を、鳴野は意外そうに見つめた。

「なんで公平が謝るんだよ」

「このままじゃ発売もなくなるって聞きました」

亘の言葉に、鳴野は「まあ、しょうがないよね」と軽く応じた。

「ホッとしてますか?」右京が左手の人差し指を立てた。「ひとつだけお訊きしたいことがあります。あなたは事件の夜、本当はどこにいたのですか? あの独立話は他人の目を誤魔化すためのカムフラージュ。本当はゲームクリエイターをやめたいと思っていたのではありませんか?」

「またなにを言い出すんですか、杉下さん」

　陣川は声を荒らげたが、鳴野は穏やかに応じた。

「……どうしてそう？」

「亜里沙さんのお店に写真が飾ってありました。半年前に撮ったものだとか。その靴、写真でも履いていました。今も靴底がすり減っていませんねえ」右京が鳴野の靴を指差した。「『デッドウォーリア4』の作業は行き詰まっていました。にもかかわらずあなたはアイデアをひねり出すために歩くことをやめてしまった。なぜでしょう？　『もう作れない』とだけは口が裂けても言えなかったのでしょう。クリエイターのプライドとして。だから、独立などという言葉を使って、この苦境から逃げ出したかった。そう僕には思えるのですがいかがでしょう？」

「そうなのか？」

　陣川が鳴野の顔をのぞき込む。鳴野は陣川から離れながら語った。

「シリーズも四作目になったら、画期的なアイデアなんてなかなか出なくて……。天才とかカリスマとか言われてるのに、もうアイデアが出なくなったなんて、ダセエだろ、そんなの」

「馬鹿だなあ、お前は」陣川が鳴野の横に並んだ。「なんか壁にぶつかったときにはさ、逃げる、逃げないだけじゃない。選択肢はもっと他にたくさんある。勝手に悲観的になって諦めんなよ。だって、お前の作ってるゲームはそういうゲームだろ。『未来は予測するものではなく、作り出すもの』」

鳴野の顔にかすかに笑みが浮かんだ。

「相変わらずだなあ」

「うん？」

「お前は全然変わらないよ」


鳴野は高校時代のある一場面を忘れることができなかった。昼休み、屋上でひとりでゲームをやっていた鳴野のところに、陣川がやってきた。

「なにやってんだよ、いつもひとりで。なあ鳴野、たまには教室でみんなと飯食おうぜ」

そう誘うと、陣川は買ってきた焼きそばパンをひとつ鳴野に渡し、横に座って自分の分を食べだした。そして、ゲーム画面をのぞき込んで感心した。

「すげっ。超ハイスコアじゃん。どうやったら、こんなのできんの？」

尊敬の表情になる陣川に、鳴野は答えた。

「ゲームにはルールがあるから、予測できる」

それを聞いた陣川は「ふうん」と感心し、「じゃ、予測できないから人付き合いは嫌なのか？」と訊いた。鳴野が答えに窮《きゅう》していると、「思いどおりにいかないから楽しいってこともあるよ」と言って陣川は笑ったのだった。

陣川はあのときのことを覚えているだろうか。きっと忘れていると思ったが、鳴野の口からは素直に言葉が出てきた。

「公平、ありがとう」

「ああ」とこちらを向いた陣川の目がなにかをとらえたようだった。「おい」

促されて鳴野が振り返ると、屋上に亜里沙の姿があった。

「行けよ、早く！」

陣川が鳴野の背中をポンと叩いた。

「第三話」

光射す

一

組織犯罪対策五課長の角田六郎は、登庁の途中で知り合いの大田署の刑事、水木洋輔《みずきようすけ》の姿を見かけた。警視庁近くの道路脇のベンチに、水木は肩を落として座り込んでいた。

角田の気配に気づいた水木が顔を上げた。

「おう角田」

「やっぱ水木か。なんだよ、朝っぱらからしけた面しやがって。ヘマして始末書でも出しにきたか？」

「もう始末書を書かされることもなさそうだ……。退職することにしたよ」

水木はそう言って、薄く笑った。

職場に着くと、特命係の小部屋にコーヒーを無心に行きがてら、ひとしきり雑談に花を咲かせるというのが角田の日課だった。さっそく表で水木に会ったという話をすると、部屋の主の杉下右京が反応した。

「大田署の水木さんといえば、たしか、娘さんが行方不明になった？」

右京の相棒の冠城亘もその話を知っていた。

「ネットで情報提供を呼びかけて問題になった人？」

取っ手の部分にパンダが乗った妙にかわいらしいマグカップでコーヒーを口に運びながら、角田が事情を語る。

「刑事がネットで人捜ししてどうするんだって、大田署じゃ人騒ぎだったらしいけどな。藁《わら》にもすがるってやつだったんだろ。音信不通になってもう二カ月だしな」

亘が「行方不明者捜索協力機構」のホームページを開き、検索した。

「これですね」

画面には、二十歳前後と思しきさわやかな笑顔の女性の写真があり、「水木沙也加《さやか》」という名前とともに簡単なプロフィールが表示されている。

「では、娘さんはまだ？」

右京の問いかけに、角田が渋い顔で答えた。

「ああ。光が見えないってさ」

「光？」

「ネットに情報を出したところで、連絡してきたのは匿名のふざけた連中ばかりで……。かといって刑事《デカ》としては、事件性もないのに動くってわけにもいかねえしな。どうにもこうにも真っ暗闇で、出口が見えない状態なんだろ」

警備会社に勤める桂木雪乃《かつらぎゆきの》が大田区にある古いアパート〈白池荘《しらいけ》〉を訪ねてきたのは、同僚の紅林啓一郎《くればやしけいいちろう》の欠勤が続いていたからだった。

「三日前から連絡が取れなくなってしまって……」

雪乃の説明を聞いたアパートの管理人、西村《にしむら》が〈白池荘〉の一室の前に立った。

「そりゃ心配だね。ここがね、紅林さんの部屋だけど」

「一応倒れたりしてないか確認だけでもって、上司から……」

西村はうなずき、ドアをノックした。少し待っても反応がなかったので、西村がドア越しに呼びかけた。

「紅林さーん、管理人の西村だけど。ちょっと開けるね」

合鍵でドアを解錠し、玄関に顔を突っ込む。

「紅林さん？　入るよ」

西村のあとから、雪乃も部屋に入った。手前の台所に紅林がいないのを見てとった西村は「寝てるのかな？」と奥の居間のふすまを開いた。紅林啓一郎はその部屋にいたが、西村の呼びかけに応じなかったのも仕方なかった。紅林は天井の梁《はり》にロープをかけて首を吊って絶命していたのである。

〈白池荘〉の紅林の部屋には鑑識が入り、その後、捜査一課の刑事たちがやってきた。

出雲麗音が畳に横たえられた遺体の脇にしゃがんで、目を落とした。

「変だと思いませんか、このおでこの傷」

先輩刑事の伊丹憲一が遺体に手を合わせる。

「ああ。ただの自殺にゃ見えねえな」

「後頭部にも強く打ち付けた挫創《ざそう》が。検視官が言うには、死亡する直前に殴打されたんじゃないかと」

同じく先輩の芹沢慶二が訊《き》いた。

「第三者の指紋やゲソ痕《こん》は？」

「明らかに拭き取ったような痕跡が至るところに」

伊丹が玄関に視線を転じた。

「なのに玄関も窓も中から施錠されてた……」

「ということはですよ、もしこれが他殺なら……密室殺人」

麗音が声を潜めると、芹沢が言った。

「誰かさんが出しゃばってきそうな匂いがプンプンしますね」

「で、周辺で目撃情報は？」

伊丹の質問に、麗音が部屋の隅に置いてある水槽を示した。

「有力な情報はまだ。ただ、この亀だけは、犯行の一部始終を見ていたはずです」

「亀……」

芹沢が水槽をのぞき込むと、伊丹も顔を寄せた。

「亀……」

「亀？」

隣で声を合わせる者がいたので、伊丹と芹沢が振り向くと、右京が水槽の中のリクガメを眺めていた。横には亘の姿もあった。

「ほら、きた！」

芹沢の予感はズバリ的中した。

紅林の遺留品の社員証を検《あらた》める右京に、亘がこれまでにわかった情報をまとめて説明した。

「被害者は紅林啓一郎、三十五歳、独身。社員証を見てのとおり、警備会社に勤務していました。勤務地は羽田空港で、夜間勤務だったようです。三日前に急に早退を申し出てから音信不通になってしまったようで……。第一発見者は、会社の同僚でした。どうしました？」

右京は窓に貼られた養生テープに目をやっていた。ドアの新聞受けもテープで塞《ふさ》がれていた。上司の着目点に亘が言及した。

「ああ、窓はどこも目張りされてますね」

「近隣に音が漏れないようにしていたのでしょうかねえ」

「音ですか？」

右京が壁際に据えられたステレオセットに目をやった。壁にドビュッシーやショパンなど、クラシックのLPジャケットが数枚飾ってある。

「ええ。オーディオが趣味のようですし」右京が水槽の横の小型カメラに気づいた。「おや、これは？」

「見守りカメラですね。留守中にペットのようすなんかをスマホで確認できる」

「なるほど。それで亀のようすを」

「でも犬や猫ならともかく亀はどうですかね？　あっ、他殺なら犯人が映ってる可能性ありますから、ちょっと調べてみます」

「お願いします。おっと、これはいけない！」右京がいきなり水槽を抱え、窓辺に移動させた。「亀は日光浴が必要なんですよ。なぜなら亀は……」

「紫外線を浴びることで、体内でビタミンを合成しているんですよね。まあ、以前にも聞いた気がします」

亘はホームレスが飼っていたリクガメに絡んだ事件に関わったことがあり、その際に右京からいろいろ教えられていた。

「そうでしたかねえ？　いや、室内飼育の亀は紫外線を照射するライトが必要なんですがね、見当たらなかったものですからねえ」

右京がさらにリクガメ飼育の知識を語ろうとしたとき、隣の部屋から壁越しに咳《せ》き込む男の声が聞こえてきた。亘が壁に目をやった。

「結構お隣の音が聞こえるんですね」

右京と亘は、もしかしたら隣の部屋の住人がなにか聞いているかもしれないと考え、話を聞きにいった。隣には三宅《みやけ》という表札が掛かっていた。

ノックに応えて顔をのぞかせたのは、高齢の女性だった。

「こんにちは。警視庁の杉下と申します」

「冠城です」

ふたりが警察手帳を掲げると、その女性、三宅富士子《ふじこ》はドアから顔を出したままの姿勢で言った。

「警察の人には、さっきもう話したよ。お隣は夜勤だし、生活がまるで逆だからね。顔を見たこともないんだ」

「それは同居されている方も？」右京が訊く。

「えっ？」

「先ほど、咳き込む声が聞こえましてね。男性の声だったものですから」

「ちょっと病気をしてましてね、寝たきりなんだよ。ああ、もう出かけないと」

ドアを閉めようとする富士子に向かって、右京が左手の人差し指を立てた。

「ああ、もうひとつだけ……」

しかし、ドアはピシャリと閉じられてしまった。

ちょうど別の部屋からひとりの女性が出てきたので、右京と亘は話を聞くことにした。

「何度か女の子と部屋に入っていくのを見たかな。ほら、紅林さんってイケメンだし。お兄さんほどじゃないけど」

熱のこもった視線を向ける女性に、亘が会釈する。

「恐縮です」

「だから、でかい音で昼間っから音楽聴いてるのかなって。こんな壁の薄いボロアパートだし」

「ですが、紅林さんのお隣には寝たきりの方がいらっしゃいますね」

右京が水を向けると、女性が声を潜めた。

「寝たきり？　違うわよあれ、引きこもり」

「おやおや、引きこもり？」

「五十過ぎたおじさんなんだけど、かれこれ十年近くこもってるらしい。あのお母さんだっていい年なのに、おかげで朝から晩まで働きづめで」

サイバーセキュリティ対策本部の特別捜査官、青木年男は一時期特命係に籍を置いていたこともあり、右京と亘に都合よく使われていた。

今回も見守りカメラの解析を亘から頼まれ、特命係の小部屋で説明していた。

「たしかに被害者のスマホには、見守りカメラのアプリが。こちらは同型のカメラですが、なかなかの優れものでしてね。対象物が動くと……」

しゃべりながら移動する青木をカメラが追った。

「ほら、このとおり。遠赤外線レンズ装備で、スマホへの通知機能もあります」

「それより犯人の映像」

「話の腰を折るな、冠城亘。遠隔操作で録画は可能だが、被害者のスマホに残っていたのは、亀の動画だけ」

青木がパソコンでその動画を再生する。

「こんなもん見てなにが面白いの？」

「面白いわけがないだろ、ほぼ静止画だぞ」

「とても面白いです」右京が画面をのぞき込む。「ほら、首を動かしてますねえ」

青木が呆れ顔になった。

「それより、密室トリックはどうなったんです？　鍵はすべて中から施錠されてたんでしょ？」

「ちなみに、犯人が現場を密室に偽装する理由があるとしたら？」

右京の放った質問に、青木が「他殺を自殺に見せかけるため」と即答する。

「まさに今回はそう見えますが……」

亘の見解を、右京が否定した。

「しかし、被害者には明らかに第三者に殴られた傷があった。自殺と思わせるにはいささか説得力に欠けますねぇ」

「じゃあ、右京さんは？」

「まあ今、結論を出さなくてもいいんじゃありませんか？」

二

翌朝、右京と亘が〈白池荘〉へやってきたとき、ひとりの男がアパートをじっと見つめているのに気がついた。

ふたりが足を速めると、男はそれに気づいて逃げ出した。右京と亘はふた手に分かれて男を挟み撃ちにした。追いつめた男に、亘が警察手帳を掲げる。

「警察の者ですが、話を……」

男が観念して頭を下げる。

「失礼しました。大田署の内川《うちかわ》と申します」

「大田署？」

「現場検証に来たようには見えませんがね」

右京に指摘され、内川が説明した。

「家宅捜索をした？」亘が訊き返した。「紅林さんの部屋をですか？」

「ちょうど一週間前のことです。きっかけはインターネット上の書き込みでした。管内で失踪した人物が、彼の部屋に監禁されていると……」

「初耳ですね」

「それは正式な捜査だったのですか？」

右京が訊くと、内川はかぶりを振った。

「いいえ、令状はなく、あくまで上司の独断で……。その失踪者というのが、上司の娘さんだったんです」

「えっ？」亘が声を上げた。

右京もそれが誰か察しがついていた。

「それは先日退職された、水木さんでは？」

内川はうなずいた。水木と一緒に紅林の部屋の捜索をしたという。

「紅林さんはデマだと言い張って、かなり抵抗されました。でも水木さんは聞き入れようとしなくて……。結局、娘さんどころか監禁の形跡すら見つからず、水木さんは責任を取ると言い出して……」

「退職を？」

右京が確認すると、内川は小さく顎《あご》を引いた。

右京と亘は特命係の小部屋に戻って、パソコンで匿名掲示板を検索した。

「これですね、水木さんが見たネットの書き込み」

亘が見つけたのは「大田区の失踪した女子大生　監禁現場発見！」というスレッドだった。亘が「監禁のBGMがショパンとかヤバくね？」「糀谷北《こうじやきた》2丁目のアパート　ヒント・羽田の警備員」というスレッド主催者の書き込みと、それに対するコメントに目を通す。

「ここから紅林さんを割り出した。他のユーザーたちはまったく信用してないようですね」

右京も一連のコメントに目を通す。

「しかし、娘さんの手掛かりを探していた水木さんにとっては、これが一筋の光に見えたのでしょうねえ」

「書き込んだ人物を特定できないか、あいつに調べさせますか」

「ええ」右京がうなずいた。

桂木雪乃は紅林の遺体を発見してからというもの、気もそぞろだった。自殺報道に続報が出ないかどうか、仕事の合間にスマホで確認していたが、ほとんど進展はないようだった。

と、デスクの内線電話が鳴った。

「はい、桂木です。えっ、警察？」

受付に警察が来ているという連絡が入ったのだ。

訪ねてきたのは、捜査一課の芹沢と麗音だった。

「知っていることはもうお話ししました。職場にまで来られると困ります。上司も誤解しますし……」

追い返そうとする雪乃に、笑顔で応じたのはそこへ現れた長身の刑事だった。

「まあ、そう言わずに。すぐ終わりますので」

亘の突然の登場に、振り返った芹沢が声を上げた。

「ちょっ、かぶっ……いつの間に？」

「気になる情報を得たと小耳に挟んだものですから」

「ったく……」

ふたりのやりとりを無視して、麗音が本題に入った。

「今日お聞きしたいのは遺体を発見した日のことではなく、その三日前のことです」

「三日前？」

「つまり、紅林さんが亡くなった日です」

芹沢の言葉を受けて、麗音がタブレット端末を差し出した。公園を歩く雪乃の動画が映っている。

「これは現場近くの公園の防犯カメラ映像です。これ、あなたですよね？」

「昼休みにどうしてこんなところまで行ったんです？」

芹沢に追及され、雪乃が口ごもる。

「いや、それは……」

「正直に話しましょうよ。我々はあなたと紅林さんが恋愛関係にあったという情報をつかんでいるんです」

雪乃は黙秘を諦め、沈んだ声で供述した。

「紅林さんとはもう二カ月以上前に別れました。本当です。上司に相談して夜勤から日勤の事務職に変えてもらって、最近では顔も合わせてなかったんです」

麗音が再び動画を示した。

「だったらなおさら、なぜこの公園にいたんですか？」

「合鍵を……」

「合鍵？」

「鍵を返し忘れてたことに気づいたんです。不在だったので、新聞受けに入れて帰ろうと思ったんだけど……」

亘が現場で見た光景を思い出す。

「新聞受けはテープで塞がれていた」

「なので、不用心だとは思いましたけど、窓の桟《さん》のところに置いて帰ってきました。本当です」

予想外の話に、芹沢が腕を組む。

「合鍵があったってことは……」

「密室でもなんでもないですね」

麗音の言葉にうなずいて、亘が雪乃に訊いた。

「どうしてそのことを黙ってたんですか？」

「怖かったんです。別れるとき、紅林さんかなり抵抗したし……。ひょっとして私のせいで死んじゃったんじゃないかって思って……」

雪乃が声を震わせた。

その頃、右京は警察官を辞職した水木を訪ねていた。

「警視庁特命係の杉下です」

庭の植物に水やりをしていた水木は、初対面の刑事の訪問の意図をすぐに察した。

「ああ、例の自殺の一件ですか？」

水木は右京を仏間に招き入れ、妻の遺影の前で事情を語った。

「去年、女房が病気で亡くなりましてね。まあ、刑事《デカ》なんてのはみんな似たようなもんでしょうけど、娘のことは全部女房任せだったんで、娘もそんな親父とどう付き合っていいのか、わかんなかったんでしょう。どんどん反発するようになって……」

右京はプリンターから打ち出された、手製のチラシに目をやった。娘の沙也加の目撃情報を求める内容だった。

「行方がわからなくなったのは二カ月前と聞きましたが……」

「はい。その頃から、大学も休みがちになって、注意をしたら、『関係ないじゃん。落第しなきゃいいんでしょ？　ほっといてよ！』なんて反抗するものだから、ついカッとなって、手を上げてしまって……。それからは電話もメールもいっさい音信不通で……。刑事《デカ》がネットで娘の捜索なんて、俺だってみっともないってわかってます。でも、そうでもしないと、俺には手掛かりすら……」

切々と心情を吐露する水木に、右京が訊く。

「それで、例の掲示板の書き込みを？」

「やけに内容が具体的だったし、娘が空港でバイトしてるのは知ってたんです。だから紅林とは接点もあるし、もう奴に違いないと思って」

「しかし、沙也加さんは見つからなかった」

「もし俺のせいで、紅林を自殺に追い込んだんだとしたら、取り返しのつかないことを……」


その夜、特命係の小部屋で、右京は紅茶を淹《い》れながら亘の報告を聞いていた。

「つまり密室のトリックを解く鍵は、単にかつての恋人が置いていった合鍵だった」

「ええ」亘がコーヒーカップを手にしたまま言った。「鍵はまだ見つかってません。犯人が持ち去ったのは間違いないでしょう」

「紅林さんの部屋ではこの一週間、家宅捜索をはじめ、さまざまなことが起きていました。薄い壁を隔てた隣人は、いったいなにを思ったでしょうねえ」

「やっぱり、彼から話を聞くべきじゃ……」

右京は思案しながら、ティーカップを口に運んだ。

三

翌朝、右京と亘は三宅富士子が勤めている町工場を訪ねた。そして、機械音が聞こえてくる雑然とした事務所で、二代目社長の東《あずま》から話を聞いた。

「三宅富士子さんは、こちらの工場は長いんですか？」

右京が口火を切ると、東はこう答えた。

「長いもなにも、富士子さんは親父の代からの最古参ですよ。正直、もう八十越えてるんで、物忘れやミスも多いし、いろいろ厳しいんだけどね。家庭の事情もあるし」

「息子さんのことですか？」亘が水を向ける。

東が溜息を洩らした。

「いい年した中年男が高齢の親を働かせて、社会的役割をいっさい果たさないんだから、ふざけた話ですよ。ああ、来ましたよ」

女性の事務員に連れられて事務所に入ってきた富士子に、亘が用件を告げた。

「紅林さんの件で、卓司《たくじ》さんからお話をうかがいたいのですが」

「……息子から事情聴取？」

「ええ。実は亡くなった紅林さんについて、インターネットの掲示板に書き込んでいた人物がいまして、我々はそれが……」

「うちの息子だって？」

「書き込みは紅林さんの音楽の趣味や職業について触れてましたし、あのアパートで日中も部屋にいるのは、紅林さんと息子さんだけです」

亘の言葉を受けて、右京が富士子を説得する。

「事件現場に最も近いところにいた方から、お話をうかがえればと思いましてねえ。お取り次ぎ願えませんかね？」

しかし富士子は「無駄だよ」と吐き捨てるように言った。

「無駄とは？」

「私が言ったぐらいで出てくるような子ならどんなに楽か……。それができないからこうしていまだに働いてるんだろ」

「ご苦労は重々承知してます」

その亘のひと言が、富士子を逆上させた。

「わかりっこないよ！　十年だよ、十年……。昔はあの子もコンビニぐらいはひとりで行けたけど、店員と揉《も》めたとかでまったく外に出られなくなって……。あの子は私が死んで金がなくならない限り、出てこないだろう」

「だったら専門家に任せたらどうですか？　いまはさまざまな支援があります。親だけが負担を被《かぶ》る必要は……」

亘はなんとかなだめようとしたが、一度噴出した富士子の怒りは収まらなかった。

「専門家があの子の食事を作ってくれるの？　あの子が壊したふすまを直してくれるの？　あの子を産んだのは私なんだよ！」

「それじゃ、いつまで経っても息子さんは……」

「あんたら、刑事なんだろ？　だったら拳銃でもなんでも突きつけて、あの子を引っ張り出して逮捕すりゃいいだろ！　そのほうがせいせいするよ！」

老女の突き放したような物言いに、右京と亘は顔を見合わせた。

特命係のふたりはその後〈白池荘〉へ向かった。亘が三宅の部屋のドアをノックした。

「卓司さん、いらっしゃいます？　警視庁の者です。少しお話させてください。先ほどお母さんから、直接話してほしいと言われまして。卓司さん、聞こえてます？」

亘は声を張り、ノックを繰り返したが、なんの反応もなかった。右京がドア越しに呼びかける。

「卓司さん、警視庁の杉下と申します。不躾《ぶしつけ》なお願いをして申し訳ありませんね。今日は退散します」

「えっ、いいんですか？」

驚く亘を手で制し、右京は続けた。

「ですが、もしなにか話したい気持ちになったら、いつでも連絡ください。僕でよければいつでも話し相手になります。いつかお目にかかれる日を楽しみにしています」

その呼びかけを、薄暗い部屋の中で無精ひげの男がじっと聞いていた。

ふたりが引き揚げようとしたところへ、大田署の内川が管理人の西村を伴ってやってきた。

「先日はどうも」内川が頭を下げる。「他殺の可能性も捨てきれないって聞いて、どうしても気になってしまって……。もう一度、自分なりに調べてみようかと」

右京と亘も改めて紅林の部屋を捜索することにした。

「家具はまだそのままですね」

ぐるっと室内を見回す亘に、西村が言った。

「ええ。紅林さん、ご両親も近しい親族の方もいないみたいで、荷物の引き取り手がいなくて困ってるんですよ」

内川は押し入れの中を捜索し、右京は亀を水槽から出して台所の床板の上に置いた。

「じゃあ、君の引き取り手も探さなくては」亀の動きを見ていた右京の表情が変わった。

「おや……」

亘が右京のようすに気づいた。

「どうしました？」

右京が台所の床に目を近づけた。

「これ、カーペットですねえ。備え付けでしょうか?」

「えっ、カーペット?」訊かれた西村が首をひねる。「いや、ここは元々板の間ですけど……」

「管理人さん、ちょっと亀、お願いします」右京は亀を西村に渡し、床をめくる。「ほら、ここ」

床がどんどんめくれていく。床板に見えていたのは、木目調のカーペットだった。内川が駆け寄ってきた。

「板の間の上に、わざわざ木目の敷物を?」

右京と亘、内川が三人がかりでカーペットを剝がすとその下の床板が露《あら》わになり、やがて取っ手のついた小さな戸が現れた。

「これは?」

右京の質問に、西村が答える。

「ああ、一階には床下収納が……」

「床下収納?」

亘が取っ手を引くと戸が開いた。収納庫の中に毛布が落ちていた。

「右京さん!」

右京が毛布を取り払う。床に赤い染みが付いていた。

「血痕ですねえ」

「もしかして、水木沙也加さんの？」

亘の質問に、右京が見解を述べる。

「仮にそうだとすると、水木さんが家宅捜索したとき、沙也加さんはここに閉じ込められていた可能性があります。板の間と同じ模様のカーペットで偽装をしていた」

「じゃあ、水木さんは……」

言いかけた内川の言葉を、右京が継ぐ。

「正しかったかもしれません」

亘は水槽の横を指差した。

「じゃあ、あの見守りカメラは？」

「監視対象は亀などではなく、沙也加さんだったのでしょう」

四

その夜、水木洋輔は警視庁に呼び出された。通された会議室には捜査一課の伊丹と芹沢の他、特命係のふたりの姿もあった。

伊丹が水木の前に床下収納庫の写真を差し出した。

「紅林の自宅に残されていた血痕が、お嬢さんのものと一致しました」

「沙也加はこんなところに……。それで、娘はどこに?」

伊丹が上体を乗り出した。

「水木さん、あなたはご存じなんじゃ?」

「どういう意味だ?」

「沙也加さんの行方はいまだ不明ですが、我々はすでに彼女は救出されてるんじゃないかと見てましてね。つまり、紅林をあたかも自殺したかのように見せかけて殺害し、沙也加さんを連れ出した人物がいるんじゃないかと」

「それが私だと?」

「違いますか?」

迫る伊丹の隣から、芹沢が別の写真を差し出した。暗くて不鮮明だったが、女性を背負った人物が写っているようだった。

「この写真も見てもらっていいですか? 現場近くの公園の防犯カメラなんですが、紅林が死亡した日の深夜、通りを通過する不審な人影がありまして。この人物、女性を背負っているのがわかりますか? これはあなたなんじゃないですか?」

口をつぐむ水木に、伊丹が声を荒らげる。

「なんとか言ってくださいよ!」

「知らない！　私はこんなこと知らない」

伊丹が舌打ちした。

「ならこの日の夜、あなたはどこにいたんですか⁉」

水木が黙っていると、会議室のドアが開き、麗音が顔をのぞかせた。そして、「すみません。ちょっと」と、先輩たちを手招きした。

廊下で意外な事実を聞かされた伊丹が訊き返す。

「他殺の線が消えた⁉」

「どういうことよ？」

芹沢に訊かれ、麗音がメモを読み上げる。

「さっき被害者の司法解剖が終わりまして、死因は頸部圧迫による窒息死。縄の角度から第三者による偽装の痕跡は認められず、前額部及び後頭部に残された外傷も死因との因果関係は認められず……だそうです」

伊丹が顔を歪めているのを見て、芹沢が言った。

「……だそうです」

「だそうです」

亘も乗っかると、伊丹は唇を強く噛《か》んだ。

紅林が飼っていたリクガメは家庭料理〈こてまり〉の女将《おかみ》、小手鞠こと小出茉梨に預けられた。女将が店の外の睡蓮鉢の脇に亀の水槽を設置している間、右京と亘は店内で事件の検討をしながら飲んでいた。

「水木さんには事件当夜、アリバイがあったそうです。つまりあの女性を背負った人物は、水木さんではなかった」

亘が示した見解に、右京が同意した。

「ええ。沙也加さんを連れ去ることができたのは、桂木雪乃さんが合鍵を返しに来たことに気づいた人物に限られます。水木さんでは難しいでしょう」

「となると、ますます怪しいのは隣人の三宅卓司」

「ええ。彼ならば十分合鍵の存在を知り得たでしょうねえ」

そのとき亘のスマホの着信音が鳴った。

「青木からです」亘がスピーカーフォンにして電話に出る。「もしもし？」

青木はいきなり喧嘩腰《けんかごし》だった。

――今どこにいる？　こっちがおたくらのために必死こいて働いてるのに、どうせ美人女将の店でうまいもん食って、一杯やってんだろ！　馬鹿らしい！　俺も帰って一杯やる。

右京が問いかけた。

「なにかわかりましたか？」

――例のネットの書き込みですが、さっき確認したらすでに削除されてました。

「削除？」

――警察が動いているのを知って、慌てて証拠隠滅したんでしょ。けどコメントなんか消したって、IPアドレスはたどれます。住所はすでに特定済み。今送った。

すぐに亘のスマホにメッセージが届いた。そこには〈白池荘〉の三宅卓司の部屋の住所が記されていた。亘がメッセージを右京に見せる。

「当たりですね」

――俺もこれからそっちへ行くから、ビールくらい飲ませろ。

亘は青木を無視して、右京に指示を仰ぐ。

「右京さん、このこと伊丹さんたちにも……」右京がうなずくのを確認し、青木に言った。「今そっち行くから、ちょっと待ってろ」

――はあ⁉　ビール！

「お前の情報が必要なの！」亘は電話を切って、立ち上がった。「じゃあ、ちょっと行ってきます」

「お願いします」

ちょうどそのとき引き戸が開いて、小手鞠が戻ってきた。

「あら、お帰りですか?」

「はい」と言い残し、亘が出ていく。

「ありがとうございました」小手鞠は亘の背中に頭を下げ、右京に向き直った。

「お忙しそうですねえ」

「ああ。それはそうと、亀の引き取り手が見つかって安心しました」

「こちらこそ、飼ってみたいと思ってたんです。あの、これ、どう使うんですか?」

小手鞠が差し出したのは、右京が買ってきた紫外線ライトだった。右京は表に出て、水槽の上からライトを当てた。

「雨続きのときなんかは、この紫外線ライトがお日さまの代わりになりますからね。また紫外線は病気の予防にもなります」

「あっ、動き出しました」亀がもそもそと首を伸ばすのを見て、小手鞠が声を上げた。「それにしても詳しいですね。以前、亀を飼ってらしたことが?」

「はい。それはそれは手の焼ける亀でしてねえ」

右京が言ったのはかつての相棒、亀山薫のことだったが、薫を知らない小手鞠は気づかず亀に語りかけた。

「ほら、光はこっちだよ。そんなところに閉じこもってないで、ほら出ておいで」

小手鞠のひと言が、右京の脳裏に特命係の小部屋で角田が語った言葉を呼び覚ました。

――光が見えないってさ。

娘が見つからずに憔悴している水木について、角田は語っていた。

――どうにもこうにも真っ暗闇で、出口が見えない状態なんだろ。

「光……」

右京のつぶやきに、小手鞠が反応した。

「はい？」

「ああ……いえいえ。いや、光がないと生きられないのは、人間も一緒ですねえ」

「もちろんです。ちゃんとお日さまを浴びないと生きる気力が湧きません」

紫外線ライトを浴びて、ようやく亀が歩きはじめた。

五

翌日の昼、三宅富士子がとぼとぼと〈白池荘〉へ帰ってきた。午前中、考えごとをしながら機械の部品を運んでいて、床に落としてしまった。それを社長の東から咎《とが》められたのだった。

富士子が溜息をついたとき、アパートの前に駐車された車のドアが開き、右京と亘が降りてきた。

右京が丁寧に一礼する。

「こんにちは。お昼はご自宅で召し上がると聞いたもので」

「息子なら逮捕でもなんでもしてくれって言ったはずだよ」

「今、捜査一課が逮捕状を裁判所に請求してます」

亘が言うと、富士子の顔が一瞬強張《こわば》った。

「ですがその前にもう一度、富士子さんとお話がしたいと思いましてね」右京はそう言って、車に向かって呼びかけた。「水木さん！」

すると、車の後部座席から水木洋輔が現れた。

その頃、角田六郎は古い一軒家の前で、部下に訊いていた。

「ここか？」

「ええ。確認したら、大田署も一度手入れに入ろうとしたようです」

部下から報告を受け、角田が気合を入れた。

「よし、行くか」

右京と亘は、富士子と水木を主のいなくなった紅林の部屋に招き入れた。そこで、右京が事件の真相について、推理を交えて語りはじめた。隣の部屋で卓司が聞き耳を立てていることも予想し、やや声を張った。

「水木沙也加さんの監禁に最も早く気づいたのは、おそらく三宅卓司さんで間違いないでしょう。卓司さんはそれを警察には通報せずに、匿名掲示板に書き込みました。十年もの間、社会との関係を絶ってきましたから、通報などして面倒に巻き込まれるのは嫌だったのでしょうねえ」

「ただ、書き込みを見つけて家宅捜索に入った水木さんは、この床下収納庫には気づかなかった」

亘が床下収納庫の戸を開けた。右京が内部をのぞき込む。そこにはまだ血痕が残っていた。

「そのままなにも起こらなければ、いまだに沙也加さんは監禁されたままだったかもしれません。ですが、彼女を救う手だてができたんです。紅林のかつての恋人が置いていった合鍵です。その合鍵を使い、水木さんの代わりに沙也加さんを救い出した人物がいました」

「それがうちの子だって？」

眉を顰《ひそ》める富士子に、右京が滔々《とうとう》と語る。

「捜査一課はそう考えて逮捕状の請求に踏みきりました。ですが、どうなんでしょうねえ。世間との接触を拒んできた人間が、果たして危険を冒してまで誰かを救おうとするでしょうか。『拳銃でもなんでも突きつけて逮捕してくれ』、富士子さん、そうおっしゃいましたねえ。そうでもしなければ動かない人間が囚われの女性を救い出したというのは、胸を打つ話ではありますが、できすぎですねえ。つまり、なにが言いたいのかというと、卓司さんのしたことはせいぜいネットに匿名で書き込みをするぐらいのことで、あとはすべて別の人物がやったのではないかと」

　富士子が顔を伏せるのを見て、右京は続けた。

「不法侵入の危険を冒してでも、沙也加さんを救い出したい。そんな強い動機を持つ人物は誰か。水木さんは当然お持ちでしょうが、アリバイがありました。となると、富士子さん、あなたしかいないんですよ。家宅捜索が徒労に終わった水木さんは、当然インターネットに匿名で書き込んだ人物を捜したはずです。隣人の卓司さんにたどり着くのに時間はかからなかったでしょう。水木さんは卓司さんへの事情聴取を願い出たはずです」

　自分の名前が出されても、水木は黙ったままだった。右京が富士子の心を読みながら、さらに話を継いだ。

「富士子さんは我々の捜査協力の要請を突っぱねました。水木さんにも同じことができたでしょうかねえ。狭い部屋に監禁されているかもしれない我が子をどうしても救い出したいという水木さんの親心を、あなたが他人事《ひとごと》と見過ごせたとは思えません。なぜならばあなたもこの十年、卓司さんを救い出そうと必死に闘ってきたからです。手掛かりもなく光を見いだせないことの苦しみを、あなたは誰よりも理解できたはずですからね。しかし卓司さんに協力を請うのは難しい。そこであなたは自分で調べることにしたんですね。家宅捜索をしても見つからなかった場所はどこか。同じ構造の部屋に住むあなたは、そう、床下収納庫に気づいた。それが例の合鍵を返すタイミングと重なったんですよ」

右京は富士子が、雪乃が鍵を窓の桟に置くのを見ていたのだろうと推測していた。亘が右京からバトンを受け取った。

「あなたは紅林が勤務している夜間に、この部屋に侵入したんですよね？　しかし紅林はすぐにそのことに気づいてしまった。見守りカメラに通知機能があったからです。あわてて帰宅した紅林を、あなたは紫外線ライトで殴りつけたんじゃないですか。あの部屋にそれがありませんでしたから。殴られた紅林が意識を失っているうちに、あなたは沙也加さんを助け出した」

亘はそこで一枚の写真を取り出した。

「実は近所の公園の防犯カメラ映像に女性を背負った人物が映ってましてね。この写真、詳しく解析してもらったんです。背負われた女性を沙也加さんと想定し、その身長から算定すると、背負っている人物の身長は一五五センチ、プラスマイナス二センチだそうです。卓司さんには当てはまりませんよね」

バトンが再び右京に渡る。

「この公園の先には、富士子さんが勤める工場があります。紅林に顔を見られてしまったため、自宅ではなく、より安全な場所に沙也加さんを連れて行ったんですね。そして紅林は、監禁が露見することを恐れて自殺に至った」

しばらく黙っていた富士子が反論した。

「馬鹿馬鹿しい。あんたら、私をいくつだと思ってるんだよ。八十過ぎの後期高齢者が、どうやって若い娘を背負って一キロ先の工場まで運ぶんだよ。できるわけないだろ！」

右京の自信は露ほども揺らいでいなかった。

「もちろん、大変な作業だったでしょうねえ。その小さな体でどうやってなし得たのか想像もつきません。ですが、あなたは成し遂げたんですよ！　ご自分と同じように、お子さんとの関係に苦しみ、必死に戦っていた水木さんを、なにがなんでも助けてやりたいという一心だったのではないですか」

そこで右京のスーツのポケットが振動した。角田から電話がかかってきたのだ。

「杉下です」

――見つかったよ、水木の娘さん。

「沙也加さんが？」

――不法滞在者やホームレスの医療支援をしている非公認の団体があって、そこの治療施設にいた。手配したのは水木だろ。

「そうですか。ありがとうございました」

通話を終えた右京から見つめられ、水木が言った。

「沙也加の居場所も突き止めたのか」

「ええ。今回の事件は富士子さんだけでは完結しません。現場の指紋や足跡をすべて拭き取り、紅林を殴打した凶器の処分など、水木さん、あなたの協力なしにはなし得ませんでした」

亘が水木に疑問をぶつけた。

「でも、なぜ娘さんを助けたことを隠してたんですか？」

「沙也加を助けたって、三宅さんから連絡をもらって、俺はすぐにあの工場に行ったんだ。でもそのときの沙也加は、俺の知ってる娘とは別人のようだった。そりゃそうだろ！　あの子はこんなところに二カ月も！　もし救出を公表すれば、あの子がここでどんな目に遭ったのかも報じられる。ただでさえ身も心も傷ついているのに、ネットにあることないこと書かれて晒《さら》されでもしたら、もう耐えられるわけないと思って」

富士子が紅林の部屋から救出し、老いた小さな体で懸命に工場まで運んだ沙也加は、父親が名前を呼んでも反応しなかった。呼吸はあったが表情はなく、魂の抜け殻《がら》のようになっていた。

「紅林はすでに自殺をしていましたし、富士子さんさえ協力してくれれば監禁事件自体をなかったことにできる……。そう考えたんですね？」

右京に指摘され、水木が床にひざまずいた。そして、深々と富士子に頭を下げた。

「すみません。あなたまで巻き込んじまって申し訳ない！　本当に、申し訳ない！」

「いいんだよ、あんたが謝らなくたって。親ならみんな、あんたと同じように思ってる。子供が不幸なのは、みんな自分が至らなかったからじゃないか。私さえちゃんとしてたら、子供が苦しむこともなかったんじゃないか。だから周りになんと言われようが、子供のためになることならなんだってやってやりたい。どんな苦労だって甘んじて受けてやりたい。そう思うのは当たり前のことじゃないか。あんたは間違ってない。私はもう一度頼まれたって、また同じことをするよ。あんたは間違ってない！」

自分の息子のことも思いながら懇々と諭す富士子に、水木は何度も何度も頭を下げて謝った。そのようすを壁越しに卓司がじっとうかがっていた。

しばらくして、捜査一課の三人がやってきた。麗音が富士子の前に立った。

「三宅富士子さん、住居侵入及び傷害の容疑でご同行願います」

芹沢は水木に向き合った。

「同じく犯人隠避並びに証拠隠滅の疑いで」

警察車両へふたりを乗せたとき、三宅の部屋のドアが開き、無精ひげを生やした男がのっそりと姿を現した。

富士子は十年ぶりに表に出てきた息子の姿を見て、息を呑《の》んだ。卓司がようやくあの暗く閉ざされた部屋から、光の下に姿を現したのだ。安堵《あんど》と喜びが込み上げ、駆け寄って「よく頑張ったね」と抱きしめてあげたい衝動に駆られた。

しかし、ここで息子に情けをかけてしまったらまた同じことの繰り返しではないか。自分が逮捕され、このアパートから距離を置くことでしか息子の自立を促す方法はないのだ、と考え直す。

富士子は湧き立つ息子への思いを断ち切り、刑事に向かって硬い声で言った。

「出してください」

「でも、息子さんが……」

水木が引き止めようとしたが、富士子は譲らなかった。

「出してください！」

「じゃあ出発します」

麗音が車を発進させた。

遠ざかる車をすがるような目で見ている三宅卓司に特命係のふたりが近づいた。

「ようやくご挨拶ができました。警視庁の杉下です」

「冠城です」

「よかったですね、外に出られて。穏やかないい天気ですよ」

右京が青空を見上げると、卓司もゆっくりと顔を上げ、眩しそうに目を細めた。

「第四話」マイルール

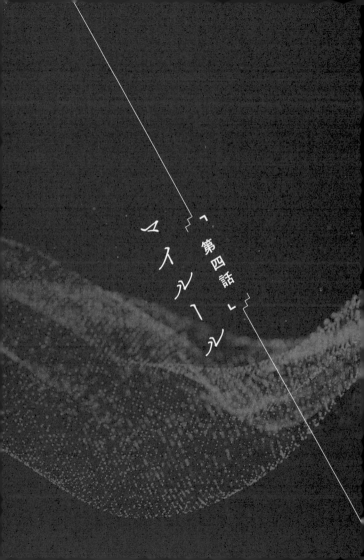

一

売れっ子ミステリー作家の福山光一郎《ふくやまこういちろう》が、豪邸と呼ぶにふさわしい自宅の書斎で殺された。

駆けつけた捜査一課の伊丹憲一が遺体に目を落とした。

「腹部をナイフでひと刺し。これがおそらく致命傷か」

先に臨場していた同僚の芹沢慶二が情報を共有する。

「死亡推定時刻は昨夜の十時から午前零時の間だそうです。被害者の福山光一郎さん、この間もテレビで、財布の中にはいつも百万円は入ってるって豪語してましたよ。自分は現金主義だって」

「テレビで？　言わんこっちゃねえ。財布は？」

「見当たりません」

しばらくして遺体が運び出され、それと入れ違いに後輩の出雲麗音が入ってきた。

「財布が見つかりました。庭の植え込みの陰に捨ててありました」

「中身は？」伊丹が確認する。

「空です」

麗音が証拠品袋の中の財布を掲げて、脇に控えていた家政婦の久本《ひさもと》さつきに見せた。

「あっ、はい。福山先生のお財布です」

財布を検《あらた》めたさつきに、伊丹が訊《き》いた。

「家政婦さんは住み込みですか？　通いですか？」

「通いです」

「それで？」伊丹が先を促した。

「今朝うかがったとき、玄関の鍵は開いていて。福山先生は執筆に集中されると、食べることも寝ることもお風呂も戸締まりもおろそかになってしまわれて。私、危ないですからってご注意してたんです。でもそのたびに先生は、癇癪《かんしゃく》を起こされて……」

執筆を邪魔されると福山はいつも怒鳴りちらすのだった。

――うるさい！　執筆中なのがわからんのか、お前！　今度話しかけたら、殺すぞ！

福山はそう罵倒《ばとう》したこともあるという。

「……私、もう怖くて怖くて」

さつきが供述している間に、特命係の杉下右京と冠城亘がどこからともなく現れた。

伊丹が溜息をつく。

「警部殿……」

「どうも」

「どうも」

右京も亘も気にしていなかった。伊丹が機先を制する。

「特命係にわざわざお越しいただかなくても、もう目星はつきましたけどね」

「ほう」

伊丹が珍しく自ら情報を提供した。

「金目当ての強盗。少なくとも現金百万円が奪われたようです。戸締まりもいい加減だったようで。おい、聞き込みいくぞ」

伊丹を先頭に、捜査一課の三人は去っていった。右京は福山のデスクの上にあったパソコンを調べはじめた。

「なるほど。しかし、いったい結末はどうなっているのか……」

「結末ですか？」

話が見えていない亘に、右京が説明した。

「『運命の来たる日』の結末ですよ」

説明を受けても、やはり亘は話が見えなかった。

「えっ？」

さつきがふたりの会話におずおずと入ってきた。

「あの……福山先生はお手書きで、書き上げられた原稿はいつもこちらにしまっておられましたが」

「失礼」右京が、さっきの指し示したチェストの引き出しを開けた。「なにもありません」

「でも、昨日はまだ、私が帰るときにもお書きになっておられましたが……」

「なんの原稿なんです？」亘が質問した。

「近来まれに見る、とびっきりの波乱に富んだミステリーですよ。タイトルは『運命の来たる日』。その結末が書かれているはずの最終回の原稿が、なくなっています」

「犯人が、お金と一緒に原稿までも持ち去った？」

「ええ。そうとしか思えませんね」

〈早元《はやもと》出版〉のロビーで福山光一郎の担当編集者を待つ間に、右京が『運命の来たる日』について亘に説明した。

「殺害された福山光一郎さんは、月刊誌『ジャパン・ミステリー』に『運命の来たる日』を一年にわたって連載中でした。十四歳の少女がコンビニの帰り道、何者かに殺害され、その犯人を名乗る人物、アンノウンから警察に挑戦状が届きます」

「アンノウン……氏名不詳ですか」

「そうです」右京はうなずき、あらすじを語る。「主人公は捜査一課の老刑事。正義感に燃え、執念の捜査を続けるのですが、同じ手口で連続殺人が起こり、アンノウンの魔の手は老刑事の仲間や身内にまで及び、彼を苦境に立たせます。やがて老刑事は心身に傷を負いながらも、アンノウンの潜むカルト集団を突き止め、単身乗り込み、ある人物を指さし、叫びます。『アンノウンはお前だ！』。最終回へ続く」

亘はガクッとしながら、「まあ、よくある手っちゃ手ですけどね」と笑った。

「その最終回の掲載号発売前にこんなことに」

「右京さんなら、犯人のアンノウンが誰かぐらい、推理できそうですね」

「それは買い被《かぶ》りですよ。第一、ミステリーの味わい方として犯人捜しに終始するのは間違っています。『運命の来たる日』は、人間の業をえぐり出す文学小説でもあるのですからねえ」

「まあ、人間の業の究極は殺しですからね」

亘がうそぶいたところへ、担当編集者の森川誠《もりかわまこと》がやってきた。

「お待たせしました。『ジャパン・ミステリー』編集部、福山光一郎先生の担当の森川と申します」

森川は会議室に場を移して、福山について語った。

「福山光一郎先生は、ご存じのように日本ミステリー界の第一人者です。〈日本ミステリー協会〉の常任理事で、この二十年、ヒットを連発している大御所で……極めて扱いにくい作家としても、出版界では有名でした」

「売れっ子作家はわがままだ、ってよく聞きますからね」

亘が合の手を入れると、森川は顔を曇らせた。

「度が過ぎてました。気に障ることがあると、担当者どころか出版社を替えてしまうんです。私もその現場に居合わせたことがあって……」


「あれはうちの社にとっても、私にとっても、最大の屈辱でした」

〈川波《かわなみ》出版〉の編集者、布田《ぬのた》房江《ふさえ》は開口一番そう訴えた。右京と亘が尋ね当てたとき、房江は会社近くの釣り堀にいた。

「屈辱とは？」右京が訊き返す。

「『運命の来たる日』は、〈早元出版〉ではなく、うちで連載するはずだったんです。二年前に福山先生から打診があって。ストーリーのアウトラインはまだおぼろげでしたが、相手は福山光一郎です。わが社も一丸となって、そのためにミステリー雑誌の創刊を準備して」

「まさに社運をかけて……」亘が先を促す。

「一年間準備して、福山先生から最初の何本かの原稿も上がってきました。冒頭からすごかった。これなら必ずヒットすると、私たち編集部も確信して、いよいよ創刊、連載スタート、というときに……」

「逆鱗《げきりん》に触れて、出版社を替えられてしまった」

亘が森川から聞いたエピソードに触れると、房江がその詳細を語った。

房江が原稿のある箇所について指摘をしたとたん、福山は激高して、房江に湯呑みのお茶を浴びせた。房江はすぐに土下座をして謝ったが、福山は原稿の束を投げつけて、「無礼者、帰れ！」と罵《ののし》った。

房江がただひたすら謝っていると、部屋の隅に控えていた森川が原稿を拾い集めて、福山のデスクに戻した。福山はその場で森川に向かって、「よし。『運命の来たる日』の連載は君のところでしよう」と宣言した。房江は懸命に翻意させようとしたが、いっさい聞く耳を持たなかったのだった。

右京は福山が逆上したきっかけについて心当たりがあった。

「ひょっとして、福山光一郎さんの逆鱗に触れた原因は、川上《かわかみ》さんでは？」

「そうです！」房江が目を丸くする。「川上さんです！」

これまでの話に出てこなかった人物名に、亘が戸惑う。

「誰ですか、それ」

博覧強記の右京は自分の読んだ小説の登場人物の名前まで覚えていた。

「『運命の来たる日』の登場人物ですよ。あれは傑作ミステリーです。しかしいかんせん、登場人物が多すぎます。普通ならコンビニの店員と表記すればいい端役にも名前が付けられています。あれでは混乱する読者もいるでしょう。そのうえ、川上という名前の人物が途中ふたりも出てきますからねえ」

「だけどそれ、小説の中の話でしょう?」

亘が軽く流そうとすると、房江が不満をぶつけた。

「だから問題なんですよ。事件にはなんの関係もない川上さんが、しかもふたりも出てくるんですす。絶対に福山先生のケアレスミスです」

房江は気を静めるようにひと息つくと、「もういいですか、忙しいんで」と、釣竿を握り直した。

二

右京が特命係の小部屋で福山光一郎の『殺しの甘く芳しい香り』を読んでいると、組織犯罪対策五課長の角田六郎がふらっと入ってきた。

「暇か? おお、福山光一郎。今日は一日、世間はこの事件で大騒ぎだけど、あんたもその口か」

「ええ。実は、福山さんの作品を読んだのは『運命の来たる日』が初めてで、今さらですが他の作品を勉強中です」

右京のデスクには書籍や雑誌が山積みになっている。

「やっぱり暇だね。面白いか？」

「そこそこ」

角田が勝手知ったるしぐさで、コーヒーサーバーからマイカップにコーヒーを注《つ》ぐ。

「ファンはみんな、最終回が読めなくて、地団太《じだんだ》踏んでるんだろうね。出版社も頭を抱えてるだろうよ」

「それはどうでしょうねえ。非業の最期を遂げたミステリー作家の過去の作品を、復刻再版するという動きもあるようですよ」

「えっ？　じゃあ、会社はウハウハじゃないの。不況にあえぐ出版界には、救いの殺しになったってか？」

「おや、課長は出版界の誰かが福山光一郎を殺害したとでも？」

角田は声を上げて笑った。

「冗談だよ。小説じゃあるまいし、現実の殺しにはもっとこう、ドロドロしたなにかがあると思うよ」

「たしかに」右京が読んでいた単行本を置き、雑誌を開いて読み上げた。「次回作『運命の来たる日』は、事実をもとにした完全なフィクションを書く。しかし、この完全なフィクションが完結したとき、失われた事実があぶり出されるだろう」

「なんだ、それ」

「福山光一郎が少し前に寄稿したエッセーの一文です」

「ふーん、フィクションが完結したとき?」

「失われた事実があぶり出されるだろう……どういう意味でしょうね?」

右京に訊かれて、角田は首を傾げた。


その夜、右京はひとりで家庭料理〈こてまり〉を訪れていた。カウンターのいつもの席で日本酒をたしなんでいると、女将《おかみ》の小出茉梨が小手鞠という芸名の芸者だった時代の思い出話を披露した。

「もう十年以上前に、福山先生のお座敷には何度か呼ばれたことがありました」

「福山さんは花柳界でも相当浮名を流されたようですね」

右京が水を向ける。

「ええ。でもわざとそんなふうに装ってたのかも」

「なぜそう思われるのですか?」

「先生のペンだこの硬さと大きさです」小手鞠の着眼点は独特だった。「そのお方がどういうお方かは手を見ればわかる。それが私の信条。先生はああ見えてすごい堅いお方で、でもそれでは面白くないと思われたのか、福山光一郎という女好きで豪傑で、ちょっと困った物書き像を演出してたのかなあって」ひとしきり語ると笑い飛ばす。「私ったらいらぬおしゃべり。忘れてくださいね」

「福山さんは大学在籍中に文壇デビューしましたが、当初は純文学で、極めて難解なものを書かれていました」

「そうなんですね」

「小説は売れず、結婚と就職を機に筆を折り、二十代、三十代はごく普通のサラリーマン生活で窒息しかけていたと、ご本人が随分前のエッセーに」

「そんなこと書かれたら、奥様も立場がありませんね」

小手鞠は女性の気持ちを思いやった。


翌朝、特命係の小部屋で、右京が相棒に首尾を訊いた。

「で、君のほうは調べはつきましたか？」

「ええ。睨《にら》んだとおり、福山さんのサラリーマン時代にとんでもない事件が。今から二十二年前、福山さんが四十四歳のとき、一人娘のしおりさん、当時十四歳が殺害されました」

「しおり……」

右京が名前に反応を示したが、亘は気にせずに続けた。

「夜、自宅近くのコンビニに行った帰り道で。犯人は十七歳の少年、Aでした。金目当てで襲い、騒がれて、慌てて口を塞《ふさ》ぎ、窒息死させた。逮捕当時、少年も相当後悔したようで、素直に犯行を自供。彼は親にネグレクトされ、餓死寸前での犯行でした。裁判では情状酌量が認められ、少年院に入院。当時の少年法により、少年Aの名前も住所もいっさい公表されることはなく、二年後、福山さん夫婦は離婚」

右京が名前に引っかかった理由を述べる。

「『運命の来たる日』で、最初に殺害されるのも十四歳の少女です。名前はしおり」

「えっ？　亡くなった娘さんと同じ名前……」

「福山さんの奥さん……いや、元奥さんは今どちらに？」

「亡くなっていました。病死です。それより……」

亘の関心がどこにあるのか、右京もわかっていた。

「ええ。気になるのはしおりという名前です。福山光一郎さんの著作を読んでみましたが、見えてきたものがあります。マイルールです」

「マイルール？」

「冠城くん。人は一生のうちに何度、他者に名前をつけますかねえ」

右京の唐突な質問に、亘が指を折りながら答える。

「ええっと、子供、ペット、孫？」

「ええ。いわゆる数えるほどです。しかし、小説家は何十、何百、何千という名前を登場人物につけます。たかが名前、されど名前です。名前はそれだけで、その人物のキャラクターを方向づけることもあり、実に頭の痛い作業です。中には締め切り破りの口実に、いい名前が思いつかない、などと言い出す小説家もいるそうですよ」

「じらさないでください。福山光一郎さんのマイルールって？」

右京がようやく本題に入り、福山の著作を手に取った。

「登場人物の名前のつけ方のルールです。たとえばこれ、福山光一郎初のミリオンセラー、『死神のアルゴリズム』の登場人物の名字はすべて、関ヶ原の合戦の西軍の武将のものでした」

「へえ、戦国時代の武将」

「ええ。こちら、『殺しの甘く芳しい香り』は、銀座の高級クラブのホステスさんたちの名前で構成。で、この『薔薇の棘《とげ》と毒』は、登場人物の名前がすべて〈早元出版〉の社員名簿から取られていました」

「ちょっといい加減すぎません？　まあ、でも、そういうルールを決めておけば、名前つけるときに悩まずに済みますね」

「はい、そのとおり」

「でも、右京さん、よくそんなマイルールを見つけましたね」

亘は感心するというより、呆れていた。

「これも読書の密かな楽しみです。福山光一郎さんご自身も出版後、エッセーやインタビューでマイルールを明かしたりもしていました。ちなみに、この『消えた殺人者とカナリア』のマイルールは、長野県の地方都市の町名と駅名です」

「乗り鉄が喜びそうですね」

「事実、マイルールが明かされて、ファンが聖地巡礼でこの地に押しかけ、新聞にも載ったようですよ」

「小説家っていうより、もはやイベンター？」

「ファンたちの間では、次なるマイルールはなにかを推理するサイトまで立ち上がっていましてね」

「ミステリー好きの人たちって、なんでも推理するんですね」

「問題は『運命の来たる日』のマイルールはなにか。手掛かりは……」

思わせぶりな右京の物言いで、亘もピンときた。

「ふたり出てくる、川上さん」

「お見事。現実でも小説でも、十四歳の少女が殺害され、被害者の名前はどちらもしおり。犯人は少年Aとアンノウン。どちらも氏名不詳」

「この小説は、二十二年前の事件に基づいて書かれている」

「ええ。事実をもとにした完全なフィクションが完結したとき、失われた事実があぶり出されるだろう」

右京が福山のエッセーの一文を引用した。

右京と亘は関東少年院を訪ね、法務教官の三上彰《みかみあきら》に面会を求めた。右京が話を切り出すと、三上は訝《いぶか》しげな顔になった。

「福山光一郎？　ああ、昨日からニュースで持ちきりの……その捜査ですか。しかし、なんで少年院に？　ニュースでは金目当ての強盗だと言ってたようですが」

「ええ、その線もあるのですが、我々は二十二年前の福山さんのひとり娘の殺害事件が、深く関係しているのではないかと考えています」

「当時十四歳の福山しおりさんを殺害した十七歳の少年Aこと野間口健一《のまぐちけんいち》は、逮捕後に裁判を経てこちらの少年院に入院しましたよね？」

亘が問い詰めると、三上は目を瞠《みは》った。

「どこからそんなことを？」

「実は私、元法務省の役人でして、なんとかそこまでは調べがついているんですが」

「法務省の元役人なら、少年院法の趣旨はご存じでしょう。少年院は非行少年を罰する場所ではない。彼らを保護し、再教育して更生を助ける場所だ」

亘が首肯した。

「重々承知してます。そのうえでうかがいます。野間口くんは今どこに？」

「彼は順調に更生し、周囲の協力も得て、今は立派に社会復帰をしています。教えるわけにはいきませんよ。お引き取りください」

三上は毅然《きぜん》と突っぱねた。右京が立ち上がり、左手の人差し指を立てた。

「最後にひとつだけ。福山光一郎さんがこちらに来られたことはありませんか？」

三上は答えなかったが、亘がその顔色を読んだ。

「あるんですね？」

「ベストセラー作家の財力と二十年以上の時間があれば、あらゆる手段を尽くし、ここにたどり着くことも不可能ではないと思いましてね」

右京に詰め寄られ、三上は渋々口を開いた。

「二年前に来られましたよ。すさまじい執念で、裏を取りたい、と。テレビで見る偉そうな作家とは、全然違ってました。野間口の名前も口にしていましたが、もちろん、お答えすることはできない、と突っぱねました」

その野間口健一は妻の姓である村上《むらかみ》を名乗り〈シェ・ムラカミ〉という小さなフレンチレストランのシェフになっていた。「臨時休業」の貼り紙を掲げた店の中で、健一は福山光一郎刺殺の新聞記事を読んで震えていた。

妻の由梨《ゆり》が駆け寄って、新聞を奪い取った。

「健ちゃん、こんなの読んじゃダメ!」

「由梨、もう駄目だ。おしまいだ……」

顔を覆う健一を、由梨が抱きしめた。

「なんでよ。しっかりして健ちゃん! 忘れるの! 全部忘れて!」

薄暗い店内に由梨のすすり泣きが響いた。

右京は捜査一課のフロアで、少年院で三上から聞いたことを伝えていた。

「法務教官の反応から、福山光一郎さんは少年Aが野間口健一だと確信したと考えられます。野間口健一の今の居所を、どうしても知りたいのですがねえ……」

右京が腰を折ると、亘は伊丹にすり寄って肩を揉《も》んだ。

「お願いです。ここは伊丹さんを頼るしかないと……」

「ああ〜、もうっ、特命係! 個人的興味で捜査一課を便利使いしないでいただきたい!」

夜食のハンバーガーにかじりついていた芹沢が立ち上がった。

「だいたい、原稿目当てに人殺しなんてあるわけないでしょう。あれは金を狙った強盗の仕業なんですから」

「そこまで断言されるということは、なにか進展でも?」

右京の問いかけに答えたのは麗音だった。

「いえ。目撃情報も聞き込みも今のところ成果なしです。もしかしたら内部の人間……通いの家政婦の犯行では、と」

芹沢がおしゃべりな後輩を遮る。

「馬鹿! お前、黙ってろ!」

「だいたい……」

「馬鹿!」芹沢は反射的に遮ろうとしたが、発言者の顔を見て、慌てて言い直した。「……じゃ、ありません」

伊丹は芹沢をひと睨みして、改めて言った。

「だいたい、その少年Aこと野間口健一が福山さん殺しの犯人なら、動機はなんです? 二十二年前の復讐《ふくしゅう》が動機なら、殺すのは福山さんで、殺されるのは少年Aでしょ? 逆でしょうが、逆!」

「なるほど」

伊丹の反論に、右京は妙に深く納得した。

そして、「なるほど、なるほど」と呟きながら、ひとりでスタスタと去っていった。

「なるほど?」

捜査一課の三人が声をそろえて顔を見合わせた。

三

翌朝、右京と亘は西永福《にしえいふく》の住宅街を歩いていた。亘が捜査一課から聞き出した情報を右京に伝えた。

「少年Aこと野間口健一は、少年院を退院後、料理店の皿洗いからはじめて、フレンチの料理人に。十年前に結婚して、名字を野間口から、妻の姓の村上に変えました。今の住民票の住所はこの先です」

「まさか伊丹さんたちが協力してくれるとは思いませんでした」

「よく言いますよ。気になるように暗示をかけたのは右京さんのほうでしょ」

ふと一軒家の表札に目をやった右京が、小さく叫んだ。

「冠城くん、川上さんです！」

「えっ？」

右京は来た道を少し戻って、表札を確認した。

「ここにも、川上さん」

「元少年Aの村上さんの住む町に、ふたりの川上さん」

亘が思案する間に、右京はスマホの読書アプリで『運命の来たる道』のテキストを表示した。

「最初の川上さんが登場する前、その直前の登場人物の名字は、豊田《とよだ》さんです」

亘が表札を確認しながら、道を戻る。

「豊田……。あっ、ありました、豊田」

右京がページをめくる。

「豊田さんの前に出てくる登場人物は、南浦《みなみうら》さん」

「はい。ありました、南浦。右京さん、もしかして……」

亘の疑問に、右京が先回りして答えた。

「これがマイルール。もしも我々の推理が正しいなら……。冠城くん、ここから『運命の来たる日』をさかのぼって、登場人物の名前と表札を確認してください。僕はここから先を確認します」

「はい」

亘は駅のほうへ、右京は逆のほうへ、ふた手に分かれて表札を確認していった。

右京は『運命の来たる日』の登場人物の名字をたどっていき、〈シェ・ムラカミ〉にたどり着いた。そこへ、亘から電話がかかってきた。

――すべての名字がたどれました。真っすぐ北へ。今、井の頭線の西永福駅に着きました。

「僕のほうもすべてたどれました。真っすぐ南へ。そして今、アンノウンの……村上健一さんの家の前に」

と、ドアが開き、やつれたようすの男と男を支える女が現れた。右京は電話を切って、男と向き合った。

「村上健一さんですね？　『運命の来たる日』についてお尋ねしたいことが」

それを聞いた男は、瞳に脅えの影を宿していきなり逃げだした。しかしその足はふらつき、やがて路上に崩れ落ちた。

村上健一は警視庁へ連れていかれ、会議室で捜査一課の三人と特命係のふたりに取り囲まれた。

俯《うつむ》いたままの健一に、伊丹が訊いた。

「なんで逃げたのか、話していただけませんか、村上さん」

「だんまりですか、村上さん」

芹沢が続いたが、健一は唇を固く結んだままだった。

「では僕から」と、右京が割り込んだ。「『運命の来たる日』の登場人物名のマイルール。それは西永福の住宅街の、家の表札でした」

亘が具体例を挙げて説明した。

「小説の中で、最初に登場する人物は十四歳の少女の遺体を発見するコンビニの店員。名前は戸倉《とくら》。そして、西永福駅南口のターミナル広場に出ると、最初に目に飛び込んでくるのは〈戸倉クリニック〉の看板」

説明役が右京に代わる。

「これはいったいなにを意味するのか。以降、登場人物の名前は登場順に、〈戸倉クリニック〉から南へ、表札をたどってつけられていました。まるで読者をある場所へいざなうかのように」

再び亘が前に出た。

「そして最終回、小説の冒頭に出てくるはずの犯人、アンノウンの名前はそのルールに則ると……」

右京が話を引き継ぐ。

「村上健一さん、あなたの家の表札です。このマイルールの恐ろしいところ。それは、今のあなたの名前だけでなく、住んでいる場所も暴露していることです。ただでさえ彼のファンには、マイルールを推理して楽しむ読者が多い。福山さんが最終回を書き上げたあと、もしこのマイルールを世間が知れば、聖地巡礼よろしくあなたの住む町に押しかけ、多くのファンがあなたの家にたどり着く」

「その頃合いを見計らい、小説に登場する被害者のしおりという名前は、二十二年前、実際に殺害されたひとり娘の名前から取ったと、福山さんが言及すれば……」

健一の前に身を乗り出す亘に、右京が言葉を重ねた。

「彼の意図は確実に読者に伝わるでしょう。この小説は福山さんのあなたへの復讐です。それは、あなたが二十二年間積み上げて手にした今の生活とここから先の未来を破滅させることを意味します」

顔色を失って震える健一に、麗音が言った。

「だから福山さんを殺して、強盗の仕業に見せかけて……」

芹沢が結論を述べた。

「自分の名前の出てくる最終回の原稿を奪った」

亘は福山がとった行動を推し量った。

「娘さんの事件の後、福山さんが作家活動を再開したのは、執筆で復讐しようとしたから。そのためにまず死に物狂いで売れようとし、実際ヒットメーカーになった」

「村上健一さん、あなたは『運命の来たる日』の連載を読んでいましたか？」

右京が質問すると、健一はかぶりを振った。

「いえ……読んでいません」

「本当ですか？」伊丹が問い詰める。

「読んでいません！」

叫ぶように否定する健一の前に、亘がスマホに動画を表示してみせた。

「あなたの家の近くの防犯カメラ映像です。毎月二十五日前後のものを集めました」

動画には〈シェ・ムラカミ〉の玄関と郵便ポスト、そしてポストになにかを押し込む男の姿が映っていた。

「二十五日？」

戸惑う伊丹に、右京が説明した。

「二十五日は、月刊『ジャパン・ミステリー』の発売日です。この人物は福山光一郎さんご本人です。ご本人が『運命の来たる日』をあなたの目に留まるように……いや、どうやっても目を背けられないように、仕組んだんですよ」

「村上さん」

亘に促され、ついに健一が認めた。

「読んで……いました」

「作家はかつて、自分が手にかけた少女の父親」

亘の言葉を、右京が受ける。

「そしてあなたは、一年にわたる連載の途中から、登場人物の名前のすべてが近所の表札から取られていることに気づいた」

亘が続く。

「それがまっすぐ、自分の家に近づいてくることにも気づいた」

「福山さんはペンであなたをいたぶり続けた」

右京の指摘で両手で顔を覆った健一を、伊丹が追いつめた。

「そして連載は、アンノウン、すなわちあなたの名前が出てくる最終回を残すのみとなった。あなたは極限まで追い詰められて、福山光一郎さんの自宅に押しかけ、彼と争い、殺し、最終回の原稿を奪った」

「はい……」健一が声を震わせた。

「福山光一郎さんの殺害を認めるんですね？」

麗音が放ったとどめの一撃が、健一を打ち砕いた。

「はい……認めます……」

「最終回の原稿はどうしましたか？」

右京が訊くと、村上は「どこかに捨てました」と答え、机に突っ伏して嗚咽《おえつ》を漏らした。

翌日、右京と亘は〈シェ・ムラカミ〉を訪れ、村上由梨から話を聞いた。口火を切ったのは右京だった。

「自分の名前が出るのを阻《はば》むための犯行なのに、肝心の原稿はどこかに捨てた。そんな中途半端な隠滅の仕方があるだろうかと、そのことが少し気になりましてね」

「奥さんはご主人のアリバイを主張されているとか」

亘に水を向けられ、由梨が話しはじめた。

「はい。事件の日、主人はずっと家にいました。あの小説のせいで体調を崩して、お店も開けられず、閉じこもっていて……。気分転換に連れ出そうとしたら、あなたが」

「なるほど」

右京が相槌《あいづち》を打つと、亘が言った。

「しかし、近親者の証言はアリバイにはならない。ちなみに奥さんは、ご主人の過去の犯罪、ご存じでした？」

「はい。結婚するときに打ち明けられました。主人は少年院で生まれ変わったんです。真面目に更生したんです」

「しかし、村上さんは福山さん殺しを認めた。なぜ？」

「きっと……二十二年前の報いだと諦めたんだと思います。少年院を出て社会復帰を果たしても、ご遺族の怒りや憎しみは少しも変わらないことを、あの日、思い知って……」

「あの日、とは？」

右京が訊いたが、感情を高ぶらせた由梨の耳には届いていなかった。

「でも、主人は潔白なんです！　なのに、自分は潔白だと抵抗する力すら、あの小説が主人から奪ってしまったんです」

　改めて、亘が質問した。

「待ってください。あの日、とは？」

「一カ月くらい前、福山光一郎さんが店に来ました」

「最終回を残すばかりの、そのタイミングで？」

　右京の問いかけに、由梨は「はい」とうなずき、そのときのできごとを語った。


　その夜、〈シェ・ムラカミ〉の客は福山光一郎ひとりだけだった。健一が震えながら給仕すると、福山は尊大な態度で皿に載っていた付け合わせのポテトをナイフで弾き飛ばした。

「うまい店だ。今度、私の小説に出してやろう。ペンは剣よりも強しというが、実際のところ、ペンで人を殺せると思うか？」

　福山はそう言いながら、ナイフを逆手に持った。青ざめてひと言も返せない健一が立ちすくむその前で、福山はナイフをステーキに突き立てた。

「私は殺せると思う。次はいよいよ、最終回だ」

　厨房でようすをうかがっていた由梨が飛び出していき、健一の横に並んで頭を下げた。

「お代は結構です。どうかお帰りください」

「由梨……」

絶句する健一の隣で、由梨は気丈に振る舞った。

「今、弁護士さんを探しています。あの小説の連載を差し止められないか、相談しています」

「先に殺したのはこいつだ！」福山が声を荒らげた。「二十一年前、謝罪の手紙にお前は……自分の名前も住所も書かなかった！」

「それは……弁護士に止められて……」

そんな弁解が通じるはずもなく、福山はますます怒りをエスカレートさせた。

「名前も書かずに謝罪になるか！　裁判を有利にするために書いたんだろう。違うか！」

「すみません」健一は深々と頭を下げた。「申し訳ございません！」

由梨も倣《なら》った。

「私からも謝ります。本当に申し訳ありません！　主人が犯した過ちは、絶対に取り返しのつかない過ちです」

「そうだ。そのとおりだ」

ナイフを手にした福山に、由梨は懸命に訴えた。

「だから、この人の罪を、私も一緒に一生背負います！　許してくださいなんて、言いません。言えません。でも、お願いです、福山さん。今日はどうか……どうかお帰りください」

「その夜、主人は、福山さんと私に申し訳がない、私と離婚して、死ぬしかないと漏らして……。それで私、それからずっと、主人から目を離さずにいました。福山さんが殺された日、主人は家にいたんです。信じてください」

由梨は話をそう締めくくった。

四

右京と亘は運河沿いの公園にいた。

「そこで気づいたんです。村上健一さん以外にも、『運命の来たる日』の連載完結で、破滅する危険に脅えていた人物が、もうひとりいたことに」

右京の言葉を、亘が受けた。

「僕らは福山さんが長い年月、執念で情報を集め、少年Aにたどり着いたと考えていました。実際、それは不可能じゃない。でも、ショートカットの手もあった」

そこで右京が、目の前の男に攻めこんだ。

「少年院で彼を指導し、退院させ、立派に社会復帰したことを知っていた三上さん、あなたですよ」

「そんな……言いがかりですよ。なにを根拠に」

三上は強く否定したが、右京は引かなかった。

「『運命の来たる日』執筆にあたり、福山さんが最初にコンタクトを取ったのは、〈川波出版〉でした。つまり、福山光一郎さんが少年Aの名前と居所を突き止めたのは二年前。福山さんがあなたを訪ねたのも、二年前です」

「二十年も消えない被害者遺族の思いにほだされて、あなたは服務規程に違反して、村上健一さんの情報を福山さんに教えてしまった」

亘に追及され、三上はたじたじとなりながらも抗弁した。

「いや、違う！　私は……名前も住所も教えちゃいない。結婚して奥さんの名字になって、小さな料理店を開いている、とだけ……」

「捜し出すにはそれで十分ですよ」と右京。「小さな料理店のオーナーシェフ。年齢は十七歳プラス二十年。旧姓は野間口。結婚して名字が変わった男」

「そして福山さんは、復讐の連載をはじめた。小説に出てくる被害者の名前はしおり。年齢は十四歳。あなた、あの連載を読んでましたよね？」顔を背ける三上に、亘が続けた。「あなたはすぐ気づいた。福山さんがなにか恐ろしいことをはじめている。自分はもうすぐ定年だ。定年を前に、少年の個人情報を漏らしたことが明るみに出たら、法務教官として長年勤め上げてきた自分の人生が台無しになる。連載が進むたびにあなたは不安に苛《さいな》まれて……」

「怖かった」ついに三上が認めた。「アンノウンの名前は村上くんかもしれない……。居ても立ってもいられず……。こんなことは許されない。だから談判に行ったんだ」

三上は福山の自宅を訪れ、直訴したが、その申し出はあえなく却下された。

「連載を中止しろ？　馬鹿な。たった今、やっと最終回を書き上げたばかりだ。実に苦労した……」

原稿が保管されているチェストを見ながら、福山は穏やかな顔で言った。

「お願いします！」

土下座する三上に、福山はこう言った。

「心配いらんよ、三上さん。私は彼を殺そうというんじゃない。ただ小説を書いただけだ。完全なフィクションだ。私が持っているのは、ナイフでも拳銃でも毒薬でもない。ただのペンだ」

「そのペンが人を殺すんです！　村上くんの人生を殺すんです！　村上くんの！」

足にすがりつく三上をなだめるように、福山はしゃがみこんだ。

「三上さん、放しなさい。あんたが心配してるのは、彼のことじゃなくて自分のことかな？　本当に心配いらんよ、三上さん」

来意を見透かされた三上は頭に血が上り、福山を押し倒した。揉み合ううちに、デスクの上にあったペーパーナイフがいつのまにか床に落ちていた。気がつくと三上はそのナイフを福山の腹部に突き立てていた。三上はハンカチを取り出してナイフの柄を拭い、ハンカチでチェストの引き出しを開けて原稿を引っつかんだ。さらに、福山の財布の中の百万円をポケットにねじ込み、財布の指紋を拭い、庭に空の財布を投げ捨て、逃走したのだった。

回想を終えた三上がくずおれる。

「もうじき定年なのに……最後の最後に……なんで！」

右京がしゃがんで、三上と目を合わせた。

「奪った原稿はどうしましたか？　やはり燃やしましたか？」

「家に……。押し入れの奥に隠してあります」

「なぜです？」亘が疑問をぶつけた。「犯行の動かぬ証拠になるのに」

「家に帰ってこっそり読んだら……。これは燃やしちゃいけないと……。どうしても私は……燃やせずに……」

三上は泣き崩れ、後の言葉は聞き取れなかった。

後日、特命係の小部屋で、右京が角田に語った。

「ええ。供述どおり、『運命の来たる日』の最終回の原稿が押収され、もちろん拝読しました」

「で？　やっぱあれか？　アンノウンは村上健一だったか？」

角田は興味津々だった。

「いいえ。アンノウンは最後まで、アンノウンと表記されていました」

「えっ⁉」

「アンノウンはすべての罪を認め、カルト集団の本部に火を放ち、その火に飛び込み、そして主人公の老刑事もまたアンノウンの犯したすべての罪と一緒に、自らも燃え尽き死んでいく、というラストでした」

「はあ？」

亘も原稿に目を通していた。

「ミステリーというより、最終回は途方もない文芸作品でした。あっ、読みます？　今月号の『ジャパン・ミステリー』」

亘が雑誌を差し出したが、角田はそっぽを向いて、部屋から出ていった。

「結末わかってる小説読むほど、暇じゃねえからな」

「でも、福山さんはなんで、アンノウンをアンノウンのまま終わらせたんでしょう」

亘が疑問をぶつけると、右京が福山の気持ちを推し量った。

「ペンで人を殺すために書きはじめ、書き進めるうちに、ペンで人を殺してはならないという思いに至ったのかもしれませんねえ。二十二年という歳月で、少年Aは更生を果たし、彼には彼を守りたい家族もいた。福山さんの憎しみは、小説『運命の来たる日』を生み、長い葛藤と執筆の末、小説はその憎しみすら呑みこんで、やがて別次元に昇華させた。だから福山さんは最後の最後に、憎しみよりももっと強いもの、そう、安寧の祈りを最終回に込めたのだと、僕は思いますよ」

右京が視線を虚空に向けた。

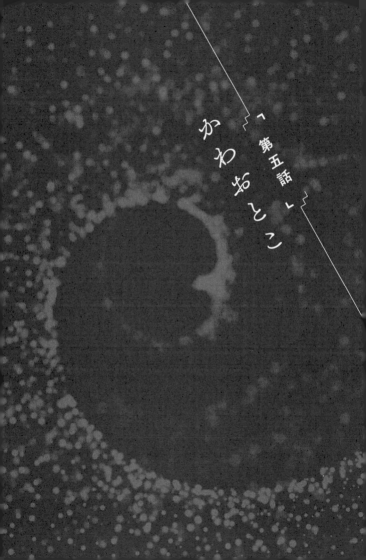

「第五話」

かわおとこ

一

その日、辻浦《つじうら》千夏《ちなつ》は四歳の息子、悠太《ゆうた》を連れて、川の岸辺に来ていた。ふたりは公園からさらに上流のほうへ歩いているうちに、ベンチの設けられた場所までやってきた。

千夏がベンチに座ってボーッとしていると、悠太が摘んできた野の花を差し出した。

「はい」

「ママにくれるの？」

「うん。ママは頑張ってるから」

千夏は両手を広げて、息子を迎え入れた。

「おいで。ありがとう悠太」

そのままふたりともベンチに寝転がる。千夏が脇腹をくすぐると、悠太は嬉しそうに笑った。そこへ川面を撫《な》でて爽やかな風が吹いてきた。

「ああ、いい風。気持ちいいね」

母の言葉を復唱するように、悠太が言った。

「気持ちいいね」

暖かい日射しと心地よいそよ風を受け、あまりの気持ちよさに千夏はうとうとしてしまった。しばらくして目を覚ますと、隣に悠太の姿がなかった。

「悠太？」

千夏は飛び起きて、周囲を見渡した。

「悠太！　悠太、どこにいるの？　ねえ悠太！」

近くを探し回ったが、悠太の姿はどこにも見当たらなかった。


数日後、特命係の冠城亘は上司の杉下右京を誘って、とある商店街のレストランに来ていた。

「こちらのお店、きっと右京さんにも気に入っていただけるかと」

「味は確かですか？」

「保証します。生春巻きが絶品のお店で」

と、窓の外から、女の子の声が聞こえてきた。

「返してよ！　どこに隠したの？　早く返して！」

窓越しにようすをうかがうと、十歳前後の少女が、大人の男に詰め寄っていた。男のほうは二十代後半だろうか、派手な服装でどことなく軽薄そうな印象だった。

「知らないって言ってるだろ！」

「嘘つき！　ろくでなし！」

罵《ののし》られた男が少女の腕をつかんだ。

「ちょっと来いよ」

「放して！」

無理やり手を引いて連れていこうとする男の肩を、亘が叩《たた》いた。

「その子をどこへ連れていくんです？」

右京がしかつめらしく注意する。

「乱暴はいけませんねえ」

「はあ？　ほっといてくれよ。こいつは俺の娘だ」

男は言い張るが、少女は男の手を振り払って、「違うよ！　パパじゃない」と言った。

「嘘つくなって」

「嘘じゃない」

亘が少女の言葉を受けた。

「……と言ってますけど？」

「どういうことか、説明していただけますか？」

右京に迫られ、男が面倒くさそうに答えた。

「だから、別れたんだよ。離婚したの」

「離婚ですか」亘が男の目をのぞき込む。

「親権はないけど、親は親だろ。お前なあ」男が振り向いたとき、少女の姿はそこになかった。「あれ？　おい百花《ももか》！」

「もういい！」

百花と呼ばれた少女はそう叫んで走っていく。男はそのあとを追った。

「ちょっと待てよ」

「本当の親子のようですね」

亘が言うと、右京は「いらぬお節介でしたかねえ」と返した。


翌朝、特命係の小部屋で右京と亘は見るともなしにテレビを見ていた。

——今月十五日、奥武蔵野町《おくむさしのちょう》で行方不明になった四歳の男の子が、今朝早く、武蔵野川沿いで発見されました。

そこへふらっと入ってきた組織犯罪対策五課長の角田六郎が男性アナウンサーの読み上げるニュースを聞きつけた。

「おお。川でいなくなった子、見つかったか」

「ええ」亘が応じた。「釣りに来た人が、流木の陰で倒れているのを発見したそうです」

——意識不明の重体ということです。

「意識不明か……。なんとか持ち直してくれたらいいがな」

男児の容体を案じる角田に、右京が言った。

「幼い子のこういった事故はやりきれませんねえ」

「保護者が目を離した隙に、か。溺れていることに気づかないものですかね」

亘が疑問を呈すると、右京が答えた。

「子供は静かに溺れるといいますからねえ。暴れたり助けを求めたりすることなく、ふっと沈んでしまうこともあるそうですよ」

亘はテレビを消し、パソコンで匿名掲示板を検索した。さっそく奥武蔵野町の水難事故のスレッドが立ち上がっていた。

「右京さん、これ」

そこには、「親はなにしてたんだ」とか「子供から目を離すな」「事故じゃなくて、母親のせいだろ」といった心ない投稿が多数寄せられていた。角田が黒縁眼鏡《めがね》を額にずり上げてのぞき込む。

「親のせいって……。子供の生き死ににがかかってるってときに、バッシングする奴らの気が知れねえな」

「寄ってたかって、石を投げつけるみたいに。もう個人情報特定されて、写真まで上がってますね」

亘がスクロールすると、「特定しますた。奥武蔵野団地の住人。母親は辻浦千夏。シングルマザーですな」というコメントとともに、家族写真が現れた。母親と一緒に女の子と男の子が写っている。

右京がその女の子に着目した。

「あっ、冠城くん。この子……」

「あれ、昨日の？」

亘も気づいたとおり、女の子は昨日男と言い争っていた、百花と呼ばれた少女のようだった。

「ただの親子喧嘩《げんか》じゃなかった」亘が考え込む。「ひょっとして、男の子も父親が連れ出したとか？」

「なにか事情がありそうですねえ。君、今日暇ですか？」

右京の質問の意図を、亘はすぐに理解した。

「ええ、暇ですよ」

「僕も暇です」

ふたりはさっそく奥武蔵野町へ向かった。現場の下流にある公園にはそれなりに人が集まっていた。

「悠太くんがいなくなったの、どの辺りですかね？　ちょっと訊《き》いてみますか」

亘が「武蔵野川を守る会」と書かれた手製の幟《のぼり》を立ててチラシを配っている市民団体の四人に近づいた。

「ちょっといいですか？」

亘が話しかけると、恰幅《かっぷく》のよい女性が言った。

「なんです？　あっ、あんたたち、会社の人？」

「会社って？」

わけがわからず亘が訊くと、初老の男性が川の上流を指差しながら答えた。

「〈城西《じょうさい》エレクトロニクス〉から来たんじゃないの？」

男の指差す先には工場らしき建物が見え、煙突からもくもくと煙が上がっていた。

「いえいえ、我々はちょっと川のことをお尋ねしようと」

人のよさそうな丸顔の女性が一歩前に出た。

「それじゃあ水質調査で？　役所の人なんでしょ？」

彼女は和久井《わくい》倫世《ともよ》という名で、近所で食堂を営んでいる女性だ。右京は倫世の勘違いを正さなかった。

「それに準ずる所の者ではありますが、ご心配なく。〈城西エレクトロニクス〉とはまったく関係ありません」

今度は四人のうちで一番年の若い女性が口を開いた。

「じゃあ、聞いてます？　また魚が死んだこと」

「いや、それはまだ」と答えた亘に、女性がチラシを渡した。

「三年前、工場排水の汚染のせいで魚が大量死したでしょ。行政の検査が入って、有害物質は流せないようにしたはずなのに、またこれだもの」

亘がざっと目を通す。

「たしかにこれは問題ですね」

「役所が動かないなら、こっちはこっちで水質を調べるけど」

初老の男が「水質調査承ります」と書かれたパンフレットを掲げた。緑色の蓋《ふた》つきのプラ容器の写真が目を引く。採水ボトルのようだった。

右京が本題に戻す。

「トラブルが続きますねえ。水難事故も起きたばかりで」

この話題に乗ってきたのが倫世だった。

「可哀想にね、悠太くん。元気になるといいけど」

「お母さんとはぐれたの、どの辺りですか？」

亘がもらったチラシに載っていた武蔵野川の地図を示した。

「そうねえ」倫世が指をさす。「この辺かしらね」

「ここから少し上流に行った公園の外れですね」

「穏やかに見えても川は危ないから。四カ月前にもひとり亡くなったしね」

倫世の言葉に、右京が興味を示す。

「おや、そうでしたか」

「この先のガラス工場の若い社員さんで……。たしか、荻野《おぎの》さんっていったかしら」

「倫世さん、その話はあんまり……」

若い女性が止めようとしたが、倫世は気にしなかった。

「いいじゃないの。結局、事故だったたって警察発表があったんだから。釣りしてて足滑らせたんでしょ」

右京が倫世の言葉の裏を読んだ。

「なるほど。事故だと思わなかった人もいたわけですね」

「ちょっと物騒な噂が流れただけよ。また魚の死骸が揚がりはじめたときで、〈城西エレクトロニクス〉と揉《も》めたりしてたから、なんか関係があるんじゃないかって。悠太くんち、越してきてまだ三カ月で、その事故のことも知らないし、川の怖さをわかってなかったのね」

「だけどさ、川に子供連れてきたら、親が目を離しちゃ絶対駄目よ」

恰幅のよい女性が、辻浦千夏を責めるように言うと、倫世が注意した。

「よしなさいよ、そういう言い方」

しかし、恰幅のよい女性の陰口は止まらなかった。

「だって、あそこのお母さん、保育園のお迎え時間は守らないし、晩ご飯も子供だけで食べてたみたいで。なにか起きなきゃいいけどって気にしてたのよ。そしたら川の近くで居眠りしてたっていうんだもの」

「違うよ！」突然話に割り込んできたのは、辻浦百花だった。「適当なこと言わないで。悠太は……川男《かわおとこ》に引っ張られたんだよ！」

聞きなじみのない言葉に亘が反応した。

「川男？」

百花が懸命に言い募る。

「なにも知らないくせに、変なこと言わないで！」

「悪気で言ったわけじゃ……」

恰幅のよい女性の弁解も聞かず、百花は悔しそうな顔で駆けていった。

「追いかけますか？」

「いや、ここはひとまず」右京は亘の提案を退け、住民たちに訊いた。「川男というのはなんでしょう？」

「さあ、さっぱり」

若い女性が首を傾げると、恰幅のよい女性が告げ口した。

「あの子、ちょっと変わってるの。うちの子が言ってたもの。学校でも浮いてるって」

「よしなよ」倫世がたしなめた。

その頃、千夏は病院のＩＣＵ前の廊下からガラス越しに、依然意識不明のままの息子を祈るような気持ちで見つめていた。

「悠太。お願い。目を覚まして」

祈る思いが口をついて出る。

そんな母親のようすを、廊下の端から百花がじっと見つめていた。

二

右京と亘は市民団体の四人と別れると、川沿いの道を上流へと歩いていった。

亘の耳には恰幅のよい女性の言葉が残っていた。

「百花ちゃんのお母さん、あんまりよく思われてないようですね」

右京は千夏の立場に立って応えた。

「子供をふたり抱えて仕事に追われているのですから、まだ地域に溶け込めていないのでしょうねえ」

「四カ月前の水難事故っていうのも気になりますね。物騒な噂って」亘が工場に視線を転じた。「〈城西エレクトロニクス〉……あの会社に消されたとか？」

「地元警察は事件性なしと判断したようですがね」

亘が地図と現在地を照合した。

「ここ……この辺りですね」

ふたりが河原に下りていくと、作業服姿の男性が川べりでしゃがんで手を合わせ、一心に祈っていた。祈りを終えて立ち上がった男性は、特命係のふたりを見て、ビクッとした。

「ああ、びっくりした」

「驚かせて申し訳ありません」

右京が謝ると、すぐに亘が訊いた。

「そこで、なにを？」

「いや、あの……」

言いよどむ男の作業服の胸に、「笹沼硝子《ささぬまがらす》　高部《たかべ》」のネームが入っていることを、右京がすばやく見てとった。

「あっ〈笹沼硝子〉。では、水難事故に遭われた荻野さんのご供養で？」

「えっ？」高部は戸惑いながら、「ああ、まあそうなんです」と答えた。

「ここで亡くなったんですか？」と亘。

「ええ。ここは淵になってまして、浅瀬から来ると急にガクッて深くなるんです。気をつけるように言えばよかった。可哀想なことをした」

「親しくされていたんですね、荻野さんと」

右京の言葉に、高部は「同じ部署の上司と部下です」と応じ、怪訝《けげん》そうな顔になった。

「あの、なんですか？」

「先ほど、町の人から事故のことを聞いたもので。お気の毒に、まだお若かったんでしょう？」

「真面目で優秀で、いい奴でした。もういいですか？　私、仕事に戻らないと」

「お引き留めして申し訳ない」

「ああ、いえ」

会社に戻る高部の背中を、亘が目で追った。

「部下思いの、いい上司ですね」

「事故から四カ月。そう簡単には忘れられませんよねえ」

右京が高部の気持ちを汲んだ。

さらに歩を進めて、亘が当たりをつけた。

「この辺ですかね。悠太くんが姿を消したのは」

「あっ、いましたよ」

右京の目が岸辺にしゃがみ込む少女をとらえた。ふたりで近寄って、亘が声をかけた。

「百花ちゃん。こんにちは」

「なんですか？」

百花が警戒するような口ぶりで返す。

「君が困ってるんじゃないかと思って」

「別に」

「ひとつ教えてください。川男というのは、お父さんのことですか？」

右京の質問を聞いて、百花は初めてふたりのことに気づいた。

「あれっ、昨日の人？」

「はい。昨日のふたり組です」

百花はようやく安心したような表情になり、昨日のひと幕について語りはじめた。

「パパは悠太と暮らしたがってたけど、ママはパパが悠太と私に会うのをすごく嫌がってたの。この前も喧嘩してて……」

百花と悠太が廊下の隅からのぞいているのに気づかず、千夏は電話で声を荒らげていたという。

——何度も同じこと言わせないで。子供たちには会わないで。やっとこっちの暮らしに慣れてきたところなんだから。いい加減にしてよ！　養育費も払えないくせに。なによ、ろくでなし！

「ああ、それでか……」

亘は、昨日百花が父親に「ろくでなし！」と罵声《ばせい》を浴びせていたのを思い出した。そして、そう罵っていた理由も理解した。

「お父さんが内緒で悠太くんを連れ出したと思ったんだね」

「……でも違ってた。パパが連れ出してたならよかったのに」

右京は別のことが気になっていた。

「では川男というのは、誰のことですか？」

「君の知り合いの人？」亘も訊いた。

「川にいる人。この川に棲みついてる妖怪っていうか……」

「河童《かっぱ》のこと？」

亘が思いつきを口にしたが、百花はすぐに否定した。

「違うよ。川男は背が高くて、色が黒いの」

「知ってます？」

亘が物知りの上司に尋ねたが、さすがの右京もその存在は知らなかった。

「いいえ」

「この川にいるの。私、見たんだから。引っ越してきてすぐ、悠太とふたりで川に来たときに」

百花が訴えるのを聞き、右京が思いついた。

「そうだ。どんな姿をしていたか、描いてもらえますか？」

「うん」

亘がメモ帳とペンを渡すと、百花は人型の輪郭を引き、真っ黒に塗りつぶした。

「これ、影かなんか？」

亘の不用意なひと言に、百花がむくれた。

「もういいよ。どうせ信じないくせに」

「山に山男がいるとしたら、川に川男がいても不思議はありませんよ。河童の伝説は日本各地にありますが、伝わっている姿形はさまざまです。君が見た川男も河童に近い種の、未確認生物かもしれませんよ」

右京の持ってまわった説明に、百花は目を輝かせた。

「いると思う？　川男」

「はい。君が見たのですから」

「お母さんは見てない。話したけど、信じてくれなかった」

「見てないの？」と亘。

「そうですか。では、もしまた川男が現れたり、目撃情報が入ったりしたときには、すぐに連絡をください。僕も川男に会ってみたいですからね。ただし、ひとりで行動してはいけませんよ。川は危険ですからね。すぐ僕たちを呼んでください」

右京から渡された電話番号の書かれたメモをしげしげと見つめながら、百花が質問した。

「おじさん、妖怪ハンター？」

「まあ、似たような仕事ですよ」

右京が曖昧《あいまい》な笑みを浮かべた。

百花と別れて、川沿いの道をさらに上流へとたどりながら、亘が上司を揶揄《やゆ》した。

「妖怪ハンターねえ。たしかに魑魅魍魎《ちみもうりよう》のごとき犯罪者を相手にしていますが、どちらかといえば、妖怪に近いのは右京さん」

「どういう意味です？」

「いえいえ、深い意味は……。しかし、川男ってなんですかね？　子供の想像力が生み出したモンスターってとこですかね？」

右京が足を止め、前方を指差した。

「冠城くん、あれ」

そこには〈城西エレクトロニクス〉より規模は小さいながら、かなり立派な工場が立っていた。

「〈笹沼硝子〉って、ここか。案外大きいですね。もっと小さなガラス細工の工場かと思ってましたがね」

敷地内をフォークリフトが行き交っていた。

「産業用のガラスを作っているようですねえ」

ふたりの横を一台の車が通りすぎ、工場の門を入ったところで停まった。

「ちょっと話を聞いてみましょうか」

右京は門を通って工場の敷地に入り、車から降りてきたスーツ姿の男に会釈した。

「すみません。ちょっとよろしいですか？」

「なんでしょう？」男が怪訝そうに返す。

「こちらの社員の方が、以前、水難事故に遭われたとうかがったのですが」

「ああ、荻野のことで？　保険会社の方ですか？」

「いえ。実は先日、川で溺れた男の子のご家族といささかご縁がありまして、そのことを」

「それはご心配でしょう。しかし、荻野のことはそのお子さんの事故とは関係ないのでは？」

「もちろんです。失礼ですが、あなたは？」

「笹沼です」

名前を聞いて、亘が初めて男に話しかけた。

「それじゃあ、社長さん？」

「はい。荻野のことは本当に残念でした。真面目で優秀な社員でしたから」

「そのようですねえ。高部さんも同じようにおっしゃっていました」

右京が口にした名前に、笹沼が反応した。

「高部をご存じで？」

「はい。先ほどお目にかかりました。荻野さんの亡くなった川で供養されているところにばったり」

「荻野の……」笹沼が顔を曇らせた。

「今日が月命日なのですか？」

「いや、亡くなったのは十五日です。高部には早く吹っ切れって言ってるんですよ。不慮の事故なんだから」

「事件という噂もあったとか」

声を潜める亘に、笹沼が憤然と言い返す。

「馬鹿馬鹿しい。住民と、この先の〈城西エレクトロニクス〉の間でトラブルがあったんで、なにか勘違いした人がいるんでしょう。うちはまったく関係ないのに」

「ガラスの製造にも大量の水を使いますよねえ。やはり川に流してらっしゃるのでは？」

さらに右京が攻め込むと、笹沼は敷地の奥にある大型の貯水タンクを示した。

「いや。うちは廃液をあのタンクに貯蔵してるんです」

「廃液を」亘が相槌《あいづち》を打つ。

「定期的に専門業者が回収し、有害物質を取り除いたところで水を再利用するんです」

「なるほど」右京が納得してみせる。「それなら川を汚す心配はありませんね」

「ええ。環境保全は企業の使命ですからね。もうよろしいでしょうか？」

「突然すみませんでした」右京は一礼したあと、左手の人差し指を立てた。「あっ、もうひとつだけ。川男、ご存じですか？」

百花の描いた絵を見せると、笹沼は「なんですか、これ」と眉を顰《ひそ》めた。

「いえ、結構です。お忙しいところ、すみませんでした」

亘が工場に入っていく笹沼の背中を見ていると、事務所の窓越しにこちらを眺めていたらしい高部と目が合った。亘は軽く会釈をしたが、高部は無視して背を向けた。

三

翌日、特命係の小部屋で右京がパソコンで調べ物をしていると、亘が入ってきた。

「父親の安田《やすだ》さん、やっぱり無関係ですね。悠太くんが姿を消した日、近所のパチンコ屋さんで目撃されています」

辻浦百花と言い争っていた父親は、安田秀人《ひでと》という名前だった。

「荻野さんの事故のほうはなにかわかりましたか？」

右京に訊かれた亘は、武蔵野川の地図を描いたホワイトボードの前へ移動し、川の中流を指差した。

「死因は溺死で間違いないようです。解剖所見によると、肺に残った水の成分が河川水と合致。頭部に外傷はありますが、状況から見て、岸辺で転倒した際に頭を打ち、意識を失って溺死した事故と判断されます」

「なるほど」

「右京さんのほうは？」

「わかりましたよ、川男が何者か」

右京がデスクに戻り、パソコンを操作する。すると、古めかしい和本の画像が現れた。

「なんです？」亘がのぞきこむ。

「倭訓栞《わくんのしおり》。江戸時代後期の国語辞典ですねえ。ほらここ」

右京が指差した手書きの仮名を亘が読む。

「かむをとこ？」

「川男」右京が訂正し、すらすらと本文を読み上げた。「高山《こうざん》の流《ながれ》の大川に居るもの。長甚《たけはなは》だ高く色甚だ黒し。美濃《みの》などにて夜網《よあみ》に往きて逢《あ》いたる者多し。百花ちゃんが説明してくれたのは、これですね」

「やはり妖怪。でも、聞いたことありませんね」

「マイナーな妖怪なんですよ。文献を当たってみましたが、他に記載されているものはありませんでした」

「あの子、これ読んだんですかね？」

「それはないでしょうから、そちら方面に詳しい版元を当たってみたところ、これが」

右京が『妖怪図鑑』という児童向け書籍を取り出して、めくる。「著者の妖怪の好みが、とてもマニアックでしてね」

その図鑑には「川男」がイラスト付きで載っていた。まるで黒い影法師のような姿で描かれている。

「ああ、そっくりですね」

「川男のことは、おそらく、この本で知ったのでしょうね」

右京が推理したとき、サイバーセキュリティ対策本部の特別捜査官、青木年男が入ってきた。

「おふたりで呑気に読書ですか？　人に頼みごとをしておいて」

青木の非難を、右京はものともせずに受け流した。

「〈城西エレクトロニクス〉、なにか出てきましたか？」

「なにも」青木が仏頂面で報告する。「三年前、工場排水による汚染が問題になりましたが、有害物質の除去と指定物質の基準値以下への削減を徹底した結果、以降、定期的な水質検査で基準値を超えたことは一度もない。以上」

「わかりました。どうもありがとう」

「関係なさそうですね、ひとまず」

青木が亘の言葉を聞き咎《とが》めた。

「ひとまずとはなんだ？　冠城亘。ひとまず程度のことならば、人に頼まず自分で調べるがいい」

「まあまあ。適材適所の役割分担ってことで」

「僕を便利使いするなと何度言えば……」

不平を漏らす青木を、またしても右京がスルーした。

「あとは百花ちゃんの連絡を待つばかり。川男の新しい情報が入るといいのですがねえ」

「川男？」

聞いたことのない単語に反応する青木に、亘が百花の描いた絵を見せた。

「これ」

「なんだ？　この黒い奴は」

「右京さん」亘も青木の相手はせず、右京に訊いた。「百花ちゃんの話、本気で信じてます？」

「君、彼女が嘘をついているとでも？」

「嘘というか、子供の思い込み？　この絵も、その本のイラストをまねしただけのようですしね。いるはずないですよ、川に棲む妖怪なんて」

「妖怪？　ゴーストバスターでもはじめるんですか？」

青木が嘲笑《ちょうしょう》すると、右京が博覧強記ぶりを発揮した。

「妖怪や妖精の類いが人を水中に引き込むという話は、世界中にたくさんありますよ。たとえば日本では河童や川姫。中国では河伯《かはく》、ライン川にはローレライ、英国のランカシャーには緑の歯のジェニー……」

「どれも伝説でしょ。実在するわけじゃない」

否定的な見解を示す亘に、右京は別の事例を挙げて対抗した。

「しかし、コティングリー妖精事件のようなこともありますからねえ」

「なんですか？　そのコティングリーって」

「イギリス北部の小さな村です。百年前にその村で、エルシーとフランシスというふたりの少女が、妖精の写真を撮ったんですよ。写真は五枚ありました。『シャーロック・ホームズ』の作者アーサー・コナン・ドイルが、その写真を本物と認めたことで、妖精の実在を巡って大論争が巻き起こりましてね……」

青木もその論争を知っていた。

「それ、有名な詐欺《さぎ》事件でしょ」

「詐欺？」亘が青木に訊き返す。

「ふたりは婆さんになってから、写真は絵に描いた妖精をピンで留めて撮った偽物だと告白した。幼稚なトリックに騙《だま》されるとは百年前とはいえ笑止千万」

「君、それ……」

右京がなにか言い返そうとしたところで、スマホの着信音が鳴った。右京が電話に出る。

「杉下です。百花ちゃん、こんにちは。そうですか！　すぐにうかがいます」

川男の目撃者がいたという百花からの連絡を受け、右京と亘がやってきたのは、食堂〈和久井〉だった。

割烹着《かっぽうぎ》姿の倫世は、特命係のふたりを見て目を丸くした。

「あれ？　あなたたち、水質調査で来たんじゃなかった？」

「ええ」亘がごまかす。「川のことを多角的に調べてるもので」

百花が倫世の腕を引っ張った。

「おばさん、川男を見た話をしてあげて」

「うん。先月のことなんだけどね。夕方、自転車で川沿いを走ってたときに、河原の草むらが大きく揺れたのよ。風もないのに変だなと思って見たら、黒くて背の高い人影が見えたのよ」

「先月の何日だったか、覚えていますか？」

興味を示す右京に、倫世が記憶を探った。

「たしか五十日《ごとおび》で……十五日だったかな」

「十五日ですか……」右京が考え込む。

「川のどの辺りで？」

亘の質問には、百花が答えた。

「前に私が見たのと同じ場所なの。川男はあそこにいるんだよ。一緒に来て」

「わかりました」右京が腰を屈《かが》めて、百花と目線を合わせる。「行きましょう」

「おばさん、どうもありがとう」

「お忙しいところどうも」

飛び出していった百花を右京が追おうとしたところ、倫世がおずおずと言った。

「あの、今の話なんだけど、私が見たの、ただの釣り人だと思うのよ」

「えっ？　でも今、川男を見たって……」

亘の声に責めるような響きを感じたのか、倫世は申し訳なさそうに言い訳した。

「あの子があちこち聞いて回ってるもんだから、不憫《ふびん》になっちゃってつい……」

「なるほど。そういうことでしたか」

納得する右京に、倫世が言った。

「川に誰かいたのは確かよ。でも、祖父の代からここに住んでるけど、川男の話なんて聞いたことないもんね」

川男の存在を信じきっている百花は、特命係のふたりを武蔵野川へ連れてきた。

「おばさんが見たのは、あの辺りだって」

亘が百花の指し示す先に目を転じた。

「荻野さんが溺死した場所ですね」

「ええ」

「こっちだよ！」

百花は橋を渡り、ふたりを岸辺に案内した。そこはまさに昨日、高部と出会った場所だった。

「君もここで川男を見たのですね？」

右京が訊くと、百花は対岸を指差した。

「うん。私、悠太と一緒に向こうのほうにいたの」

「夕暮れで、人が黒っぽく見えたんじゃない？」

まだ信じていない亘が疑念を口にしたが、百花はきっぱり否定した。

「違う！　本当に真っ黒い人だった。悠太は川男に引っ張られて、ここで溺れたんだよ。早く目を覚ませばいいのに。そしたら全部わかるのに……」

亘が質問の相手を右京にチェンジした。

「悠太くんが溺れた場所は特定されてませんでしたよね？」

「ええ。この淵かもしれませんねえ。浅瀬から来ると急に深くなって、荻野さんも足を滑らせたそうですから」

「お母さんといた場所から、二百メートルは離れてるな。ひとりで来たのかな」

千夏が居眠りしていた場所との距離に亘がおおかたの見当をつけている間に、右京は足元を調べていた。

「おや。変わった靴跡ですね」

「大きい！　川男の足跡かな？　他にもなにか見つかるかも！」

百花が周囲の草むらの探索に行った隙に、亘が声を潜めて言った。

「右京さん、これ、釣り用の靴の跡ですよ。川釣りには、このフェルトの靴底が滑らなくていいんです」

「ほうほう」右京が足跡の中の窪みを示した。「この小さな丸い点々はなんです？」

「靴底にピンを打ったんでしょう、よりグリップを効かせるために。自分でネジを打てば安上がりだし、すり減ったときの補修にもなる」

「君、詳しいですね。釣りが趣味なのですか？」

「渓流釣りを少々」

「それは初耳ですね」

「食堂の奥さんが見たのは、やはりただの釣り人だったんですよ」

亘が断じたとき、百花が呼んだ。

「おじさん！　これなんだろう？」

百花は拾った緑色の蓋を珍しそうに見ていた。

「蓋か。なんだ……」

右京が手を差し出した。

「ちょっと見せてもらえますか？　冠城くん、この蓋」

それは「武蔵野川を守る会」の初老の男が掲げたパンフレットの写真に写っていた水質調査用の採水ボトルの蓋に違いなかった。亘もそれを覚えていた。

「ええ。見覚えありますね」

ふたりの大人が話し合っているのを、百花が期待のこもった目で見上げた。

「特別な蓋なの？」

「はい。川男の持ち物かもしれません」

右京の言葉は、百花を喜ばせた。

「本当に⁉」

そこへ女性の金切り声が飛んできた。

「なにしてるの！」

しかめっ面で現れたのは辻浦千夏だった。

「ママ……」

「川には近寄らないでって、あれほど言ったでしょ！」

「でも……」百花がしょげ返った。

「川男とか馬鹿みたいなこと言って、ママをこれ以上困らせないで！」

「お母さん、これには訳が……」

亘が説明しようとしたが、千夏は聞く耳を持たなかった。

「子供に近づかないでください。話すことはなにもありませんから。書きたいなら勝手に書けば？　百花、いらっしゃい」

「我々、マスコミでは……」

亘は千夏の勘違いを正そうとしたが、千夏は「百花、早く来なさい！」と言い残し、さっさと立ち去った。

取り残された百花に右京がなにか耳打ちした。それを聞いた百花は、大きくうなずいて母親のあとを追った。

亘は右京の耳打ちの内容が気になった。

「百花ちゃんになにを言ったんです？」

「川男は僕たちが捕まえるから、安心してくださいと」

「いいんですか？　そんな約束して」

「ええ。黒くて背の高い川男、釣り用の靴跡、採水ボトルの蓋、魚の異常死、溺死した荻野さん。これらが皆、ひとつにつながっているとしたら？」

右京はすでに事件の全容を見通していたが、亘はさっぱりわからなかった。

「すべてがつながってる？」

四

数日後の夕刻、武蔵野川の岸辺に、〈笹沼硝子〉の高部行人《ゆきと》がやってきた。手には大きなバッグを持っていた。

高部は川の中に黒い人影を認め、思わず独りごちた。

「まさか……荻野か？」

「やはりいらっしゃいましたね」

突然背後から話しかけられ、驚いて振り返った高部の目に入ったのは、先日この場所で会った眼鏡を掛けた男だった。

「驚かせてばかりで申し訳ありませんね」

「あの、あなたは？」

「警視庁の杉下です」

川から黒い人影が上がってきた。それはウェーダーを着た亘だった。

「早く来てくれて助かりました。ひと晩中、川に浸からされちゃたまりませんからね」

「どういうことです？　あなたたちも魚のことを調べに？」

「申し訳ない。あれはお芝居だったんですよ」

右京の言うとおり、その日の昼、食堂〈和久井〉で亘と倫世がひと芝居打ったのだった。

高部がひとりで昼食を食べていると、倫世がカウンターの工員風の客に話しかけた。

「ねえねえ、ちょっと聞いてよ。また魚がたくさん浮いてたそうよ、あそこの淵で。亡くなった人も出てるし、あの淵、なんかあるんじゃないの？」

客がうなずくと、倫世は続けた。

「有害物質だかなんだか知らないけどさ、気味悪いわよねえ。私の子供の頃なんて、本当、きれいな川だったのよ」

「そうだったんだ」

客が感心したように声を上げた。

「あの客は、俺」

亘が正体を明かすと、右京は川男の正体を暴いた。

「川男の正体は高部さん、あなたですね。最初から不思議でした。荻野さんの月命日でもないのに、なぜ川に来ていたのか？　あの日、あなたは荻野さんの供養をしに来たのではなく、意識不明で発見された悠太くんが助かるように祈っていたのではありませんか？　事故の責任を感じて。妙な一致に気づいたんですよ。悠太くんがいなくなったのが今月の十五日。荻野さんが亡くなったのが四カ月前の十五日。食堂の女将《おかみ》さんが怪しい人影を見たのが先月のやはり十五日。同じ日に同じ地点で川に入ってすることがあるとしたら……水質検査のために水を汲むことではありませんかね？」

右京の推理を、亘が継いだ。

「魚の異常死の話が気になって、急遽《きゆうきよ》調べに来たんじゃありません？　そのバッグの中、これと同じような黒いウェーダーが入ってるんじゃありませんか？」

高部が答えないので、右京が続けた。

「夕暮れ時に雑草越しに見た黒いウェーダー姿のあなたが、子供の目には妖怪のように映ったのでしょう。悠太くんはあなたを追って、淵にはまったのではありませんか？」

ついに高部が口を開いた。

「あの日、ここで採水してるときに、小さな子が遠目に私を見つけて走ってきました。『川男だ！』と叫んでました。それから、母親が子供を呼ぶ声が聞こえて……。私は慌てて川を離れました。子供が川に入るなんて思わなかったんですよ。母親が呼び戻して止めるだろうって。でも……。ここは危ないと、止めればよかった。可哀想なことをしました」

三人は〈笹沼硝子〉の社屋に場所を移した。貯水タンクを見ながら、亘が疑問をぶつけた。

「なぜ川の水を調べてたんですか？　ここでは廃液をタンクに溜めて、川に流さずに再利用してるんですよね？」

「あ……いや、それは……」

しどろもどろになる高部に代わって、右京が答えた。

「土壌汚染の可能性、ですね。タンクから廃液が漏れて地中に染み込めば、地下の帯水層を通って目の前の川にも流れ込むでしょう。最近起きた魚の異常死、汚染の発生源は

〈笹沼硝子〉だった。違いますか？」

すべて見通されていると悟ると、高部は包み隠さず打ち明けた。

「半年前、うちの会社で貯水タンクの破損事故が起きました。修理はしたんですけど……」

荻野義彦《よしひこ》は正義感の強い社員だった、川に浮いた魚を見て、荻野は社長の笹沼敏夫《としお》に直訴した。

「魚が異常死しています！　川の汚染源はうちじゃないですか？　土壌の調査をお願いします！」

しかし、笹沼は頬かぶりを決め込んだ。

「深刻になるような話じゃないさ。タンクの修理も済んだし、しばらくようすをみよう。なあ高部くん」

そう持ちかけられ、社長に睨《にら》まれたくなかった高部も「はあ」と同調した。

「おい荻野、いいから黙ってろ。町の連中は〈城西エレクトロニクス〉を疑ってるんだ。好都合じゃないか」

笹沼の指示を、荻野は突っぱねた。

「見過ごすんですか？　万が一健康被害が出たらどうするんです？」

「しかしなあ、汚染源がうちと決まったわけじゃないし。社長の言うとおり、もう少しようすを見ようや。なあ？」

高部はなんとかその場を収めたのだった。

「……そのあと荻野はひとりでひそかに川の水を調べはじめました」

打ち明け話を終えた高部に、亘が訊いた。

「あの淵が定期的に水質検査をする場所だったんですね？」

「ええ。他にも二カ所。あの淵の上流と下流、合わせて三カ所で調べてました。ひとりでやらせたりしなければ、溺れることはなかった。私は荻野が残したデータが無駄にならないようにこっそり水質検査を続けることにしたんです」

右京が高部に詰め寄った。

「高部さん、あなたは二度見て見ぬふりをしたのですねえ。荻野さんの死にも、悠太くんが溺れたことにも、直接手を下してはいません。ですが、悲劇を止める機会がありながら、なにもしなかったあなたに罪がないとは言えませんよ」

「はい」高部は自らの罪を認めてうつむいた。

「せめて靴底にピンを打ってれば」ウェーダーに詳しい亘が言った。「あの辺りの川底、かなり滑ります。ピンスパイクなら転倒は防げたかもしれない」

「いや、打ってたはずですが。ソールにネジを打ってグリップを効かせる方法、教えてくれたのは荻野なんです」

「それでも滑った」亘が思案する。「何度も入ってる川で」

右京がなにか閃《ひらめ》いたようだった。

「これまで調べた水質データ、すべて見せてもらえますか?」

「はい」

「荻野さんの命を奪ったのは、川ではないかもしれません」

右京の眼鏡の奥の瞳がキラリと輝いた。

五

数日後、右京と亘が〈笹沼硝子〉の敷地内で待ち構えていると、笹沼が車で出勤してきた。笹沼はふたりの顔を覚えていた。

「ああ、この間の……」

右京が口火を切る。

「ちょっとよろしいですか?」

「なんでしょう?」

亘はいきなり核心に触れた。

「荻野さんが亡くなった日の夕方、どこにいらしたか、教えていただけませんか？」

「なんなんですか、あなた方」

警戒の色を浮かべた笹沼に、右京と亘は警察手帳を掲げた。

「警視庁の杉下です」

「冠城です」

「警察？　なにを調べてらっしゃるかわかりませんがね、四カ月前のことなんて覚えちゃいませんよ」

亘が武蔵野川の地図を取り出した。

「川の上流のこの辺りに行っていたんじゃ？」

「だから覚えてないって！」

「この近くには〈城西エレクトロニクス〉の防犯カメラが設置されています。住民とひと悶着《もんちゃく》ありましたからね、用心のために」そう言うと亘はスマホを取り出し、画像を表示した。「荻野さんが亡くなった日の映像に、あなたの車が映っていたんです」

「だったらその辺り、車で走ったかもしれませんね」

とぼける笹沼に、右京が言った。

「では、思い出してもらえるように僕の推測をお話ししましょう。亡くなった荻野さんが川の水質を調べていたことはご存じですね？」

「あっ、いや……」

笹沼は言葉を濁したが、右京は構わず地図を示しながら続けた。

「あの日、あなたは荻野さんが採水している上流のこの地点に車で向かったのでは？　そこであなたと荻野さんは言い争いになり、口論はやがてつかみ合いに変わった。遺体の頭部にあった傷は、おそらくそのときにできたのでしょう。あなたは荻野さんの顔を川に押しつけ、溺死させた。そういうことではありませんかね？」

「心外ですね。車が映っていたぐらいで、私が殺したような話をでっち上げるとは」

「たしかに、今のは半ば想像です。ですが荻野さんが溺死したのは、あの深い淵ではなく、もっと上流であることは確かなんですよ」

亘が今度取り出したのは、水質調査のデータだった。

「あなたの工場の廃液に含まれる有害物質テトロエデンがこの工場の下流の川からのみ検出されてます。特に荻野さんが溺死したとされる淵の辺りで顕著でした。しかし解剖所見によると、荻野さんの肺に残ってた水にテトロエデンはまったく含まれていません」

右京が要約する。

「つまり何者かが上流で溺死した荻野さんを淵まで運んで、水難事故に見せかけようとしたわけですよ。ええ、おそらくあなたが」

「馬鹿馬鹿しい。失礼する！」

憤慨して立ち去ろうとする笹沼の前に、捜査一課の刑事たちが現れた。

「なんだ、君たちは」

三人が警察手帳を掲げる。伊丹憲一が笹沼の前に立ちはだかった。

「四カ月前の水難事故の件で、お話うかがわせてください」

横から芹沢慶二が言い添えた。

「改めて聞き込みをかけたところ、あの日、上流の川辺で言い争う声を聞いたという証言が取れまして」

「いい加減にしてくれ。俺はなにも知らない！」

笹沼は振り切ろうとしたが、伊丹と芹沢に両脇を固められ、動きを封じられた。伊丹が促す。

「詳しい話は、場所を変えておうかがいします。どうぞ」

笹沼の目が、こちらを見ている高部をとらえた。

「てめえ、警察になにしゃべったんだ、オラッ！」

高部につかみかかろうとする笹沼を、出雲麗音が押しとどめた。

「高部さんからは改めてお話をうかがいますので」

「あとはこちらで」

伊丹は右京と亘にそう言い残し、笹沼を連行した。

翌朝、特命係の小部屋で紅茶を淹《い》れている右京に、亘が言った。

「笹沼の車から検出された血痕、荻野さんのＤＮＡ型と一致したそうです」

「そうですか。タンクの破損事故のほうは？」

「高部さんをはじめ、複数の社員から証言が取れたそうです」

「では、土壌汚染の責任も厳しく問われることになりますねえ」

「皮肉なものですよ。垂れ流した有害物質が証拠となって、四カ月前の犯行が暴かれるなんて」

亘の言葉を聞きながら、右京は百花の描いた川男の絵をじっと見つめていた。

右京と亘は辻浦家の近くの路上で、小学校から帰ってくる百花を待っていた。やがて百花の姿が見えた。

「百花ちゃん！」

亘が声を張り上げると、百花が手を振りながら駆け寄ってきた。

「おじさん！」

「川男の正体がわかりましたよ」

右京のひと言で、百花の顔が輝いた。

「えっ⁉」

三人はそのまま悠太が入院している病院へ行った。ＩＣＵへ向かう途中、高部とすれ違った。

「高部さん」

亘が呼びかけたが、高部は無言で頭を深々と下げ、そのまま去っていった。

ＩＣＵの前では、千夏が息子の姿をガラス越しに眺めていた。

右京と亘は千夏と百花を病院の屋上に連れ出した。そこで千夏は高部の来意を説明した。

「あの人、謝りに来たんです」

高部は千夏にこう謝ったという。

――危ないから近づいちゃいけないって、私が声をかけて、止めるべきでした。本当に申し訳ないことを……申し訳ないことをしました！

「あの人が止めてくれてたら……。私が悠太をずっと抱きしめてさえいれば、悠太は……」

自分を責める千夏に、右京が真摯《しんし》に向き合った。

「荻野さんの事件さえ早く解決していれば、悠太くんが事故に遭うこともなかったはずです。警察の人間としてお詫《わ》びします」

「真相を解明できたのは、百花ちゃんが川男の話をしてくれたからなんです。君のおかげだ。ありがとう」

亘が百花を褒《ほ》めたが、百花は浮かない顔をしていた。

「私、ダメな母親ですね」千夏が言った。「百花の話をちゃんと聞いてれば、もっと早く事情がわかったかもしれないのに」

「ごめんなさい。私が一緒に行けばよかったの」

千夏は突然謝る娘の言葉の意味がわからなかった。

「百花？」

「私、宿題あるから川には行けないって言ったけど、あの日本当は家でゲームして遊んでただけ。悠太の面倒みるの、嫌になっちゃって。ママが昼も夜も働いて疲れてること、知ってたのに……。宿題あるなんて嘘ついてごめんなさい。嘘ついてたこと、ずっと言えなくてごめんなさい！」

泣きじゃくる百花を、千夏が抱きしめた。

「百花のせいじゃないよ！　百花はなんにも悪くない。悠太が元気になるの、ママと一緒に待ってようね。泣かないで」

百花が思いを打ち明け、心の重荷を下ろしたそのとき、ＩＣＵのベッドの中で、悠太の指がピクリと動いたことを、まだ誰も知らなかった。

その夜、右京と亘は家庭料理〈こてまり〉のカウンター席にいた。

亘は百花の心の内を斟酌《しんしゃく》した。

「ずっと苦しんでいたんですね。弟が溺れたのも、お母さんが責められるのも、自分のせいだと」

「ええ」右京が同意した。「悠太くんは川男に連れていかれたのだと言い続けていたのは、百花ちゃん自身がそう信じようとしていたからでしょうねえ」

「そう思えたら、少しは救われるか……」

「それもあるでしょうが、お母さんを守りたかったのだと思いますよ。悪いのは川男、お母さんは悪くないと」

カウンターの中で聞き耳を立てていた女将の小手鞠が話の輪に入ってきた。

「川男って、川に棲む妖怪のことですか？」

「女将さん、ご存じですか？」亘が訊く。

「ええ。以前にお客さまからうかがったことがあって。で、出たんですか？　その川男」

「ええ。ただし正体は人間でしたけどね」

「なんだ。やっぱりいないですよね、妖怪なんて」

右京は必ずしもその意見に賛成していなかった。

「どうでしょう？　あっ、そうだ。君に話し忘れていたことが……。例のコティングリー妖精事件の顛末《てんまつ》ですが、あれにはまだ続きがあるんです」

「妖精写真は偽物だとのちに本人たちが告白したんですよね？」

それを亘に教えたのは青木だった。そういえば、青木の意見に右京がなにか言い返そうとしたそのとき、百花からの電話がかかってきて、話が中断してしまったことを、亘は思い出した。

「しかし、ふたりはこうも言ったんですよ。妖精を見たのは本当のこと。大人たちが誰も信じてくれなかったから、写真を細工して見せたのだと」

「子供にしか見えないものって、確かにありますもんね」

小手鞠の言葉を受けて、右京は猪口《ちょこ》を口に運んだ。

「僕たちの目には見えなくとも、それがこの世に存在していないと断定することなど、誰にもできないんですよ。ええ」

相棒 season 20（第１話〜第７話）

STAFF

エグゼクティブプロデューサー：桑田潔（テレビ朝日）

チーフプロデューサー：佐藤凉一（テレビ朝日）

プロデューサー：髙野渉（テレビ朝日）、西平敦郎（東映）、
土田真通（東映）

脚本：輿水泰弘、神森万里江、池上純哉、森下直、山本むつみ

監督：橋本一、守下敏行

音楽：池頼広

CAST

杉下右京……………………………水谷豊
冠城亘………………………………反町隆史
小出茉梨……………………………森口瑤子
伊丹憲一……………………………川原和久
芹沢慶二……………………………山中崇史
角田六郎……………………………山西惇
青木年男……………………………浅利陽介
出雲麗音……………………………篠原ゆき子
益子桑栄……………………………田中隆三
大河内春樹…………………………神保悟志
中園照生……………………………小野了
内村完爾……………………………片桐竜次
衣笠藤治……………………………杉本哲太
社美彌子……………………………仲間由紀恵
甲斐峯秋……………………………石坂浩二

制作：テレビ朝日・東映

第1話

初回放送日：2021年10月13日

復活〜口封じの死

STAFF

脚本：輿水泰弘　監督：橋本一

GUEST CAST

鶴田翁助…………相島一之
中郷都々子…………織田梨沙
加西周明…………石丸幹二
柾庸子…………遠山景織子
朱雀武比古……本田博太郎

第2話

初回放送日：2021年10月20日

復活〜死者の反撃

STAFF

脚本：輿水泰弘　監督：橋本一

GUEST CAST

鶴田翁助…………相島一之
加西周明…………石丸幹二
中郷都々子……織田梨沙

第3話

初回放送日：2021年10月27日

復活〜最終決戦

STAFF

脚本：輿水泰弘　監督：橋本一

GUEST CAST

鶴田翁助…………相島一之
加西周明…………石丸幹二
柾庸子…………遠山景織子

第4話　　初回放送日：2021年11月3日

贈る言葉

STAFF

脚本：神森万里江　監督：橋本一

GUEST CAST

陣川公平…………原田龍二　　宮森由佳…瀬戸カトリーヌ

鳴野大輔…………黒田大輔

第5話　　初回放送日：2021年11月10日

光射す

STAFF

脚本：池上純哉　監督：守下敏行

GUEST CAST

三宅富士子…………草村礼子　　水木洋輔……伊藤洋三郎

第6話　　初回放送日：2021年11月17日

マイルール

STAFF

脚本：森下直　監督：橋本一

GUEST CAST

福山光一郎…………菅原大吉

第7話　　初回放送日：2021年11月24日

かわおとこ

STAFF

脚本：山本むつみ　監督：守下敏行

GUEST CAST

辻浦千夏…………黒坂真美　　辻浦百花………米村莉子

相棒《あいぼう》 season20　上　朝日文庫

2022年10月30日　第1刷発行

脚　　本　輿水泰弘《こしみずやすひろ》　神森《かみもり》万《ま》里《り》江《え》　池上純《いけがみじゅん》哉《や》
森下直《もりしたただし》　山本《やまもと》むつみ

ノベライズ　碇《いかり》 卯《う》人《ひと》

発 行 者　三 宮 博 信
発 行 所　朝日新聞出版
〒104-8011　東京都中央区築地5-3-2
電話　03-5541-8832(編集)
03-5540-7793(販売)
印刷製本　大日本印刷株式会社

定価はカバーに表示してあります

ISBN978-4-02-265068-9

落丁・乱丁の場合は弊社業務部(電話 03-5540-7800)へご連絡ください。

送料弊社負担にてお取り替えいたします。

相棒season11（上）
脚本・輿水　泰弘ほか／ノベライズ・碇　卯人

香港の日本総領事公邸での拳銃暴発事故を巡り、杉下右京と甲斐享が、新コンビとして活躍する「聖域」など六編を収録。《解説・津村記久子》

相棒season11（中）
脚本・輿水　泰弘ほか／ノベライズ・碇　卯人

何者かに暴行を受け、記憶を失った甲斐享が口にする断片的な言葉から、杉下右京が事件の真相に迫る「森の中」など六編。《解説・畠中　恵》

相棒season11（下）
脚本・輿水　泰弘ほか／ノベライズ・碇　卯人

警視庁警視の死亡事故が、公安や警察庁、さらには元・相棒の神戸尊をも巻き込む大事件に発展していく「酒壺の蛇」など六編。《解説・三上　延》

相棒season12（上）
脚本・輿水　泰弘ほか／ノベライズ・碇　卯人

陰謀論者が語る十年前の邦人社長誘拐殺人事件が、警察組織全体を揺るがす大事件に発展する「ビリーバー」など七編を収録。《解説・辻村深月》

相棒season12（中）
脚本・輿水　泰弘ほか／ノベライズ・碇　卯人

交番爆破事件の現場に遭遇した甲斐享が残すヒントをもとに、杉下右京が名推理を展開する「ボマー」など六編を収録。《解説・夏目房之介》

相棒season12（下）
脚本・輿水　泰弘ほか／ノベライズ・碇　卯人

〝証人保護プログラム〟で守られた闇社会の大物の三男を捜し出すよう特命係が命じられる「プロテクト」など六編を収録。《解説・大倉崇裕》

朝日文庫

相棒season15（上）
脚本・輿水　泰弘ほか／ノベライズ・碇　卯人
ある女性の周辺で起きた不可解な死の真相に、右京と亘が迫る「守護神」、独特なシガーの香りから連鎖する事件を解き明かす「チェイン」など六編。

相棒season15（中）
脚本・輿水　泰弘ほか／ノベライズ・碇　卯人
郊外の町で隠蔽された警察官連続失踪の闇に迫る「帰還」、目撃者への聴取を禁じられ、出口の見えない殺人事件に挑む「アンタッチャブル」など六編。

相棒season15（下）
脚本・輿水　泰弘ほか／ノベライズ・碇　卯人
籠城犯の狙いを探りあてた右京が、亘とともに巨悪に挑む「声なき者」、世間を騒がせる投稿動画に特命係が鋭く切りこむ「ラストワーク」など五編。

相棒season16（上）
脚本・輿水　泰弘ほか／ノベライズ・碇　卯人
証拠なき連続殺人事件に立ち向かう特命係と権力者たちとの対峙を描く「検察捜査」、銀婚式を目前にした夫婦の運命をたどる「銀婚式」など六編。

相棒season16（中）
脚本・輿水　泰弘ほか／ノベライズ・碇　卯人
外来種ジゴクバチによる連続殺人に特命係が挑む「ドグマ」、警視庁副総監襲撃事件と過去の脅迫事件との繋がりに光を当てる「暗数」など六編。

相棒season16（下）
脚本・輿水　泰弘ほか／ノベライズ・碇　卯人
不穏な手記を残した資産家の死をホームレスと共に推理する「事故物件」、ホステス撲殺事件に隠された驚愕の真実を解き明かす「少年A」など六編。